AU-DELÀ DE LA FISSURE DU TROTTOIR

MARYANN MILLER

Traduction par

CHRISTOPHE DELETANG

Publié en 2021 par Next Chapter

Couverture illustrée par CoverMint

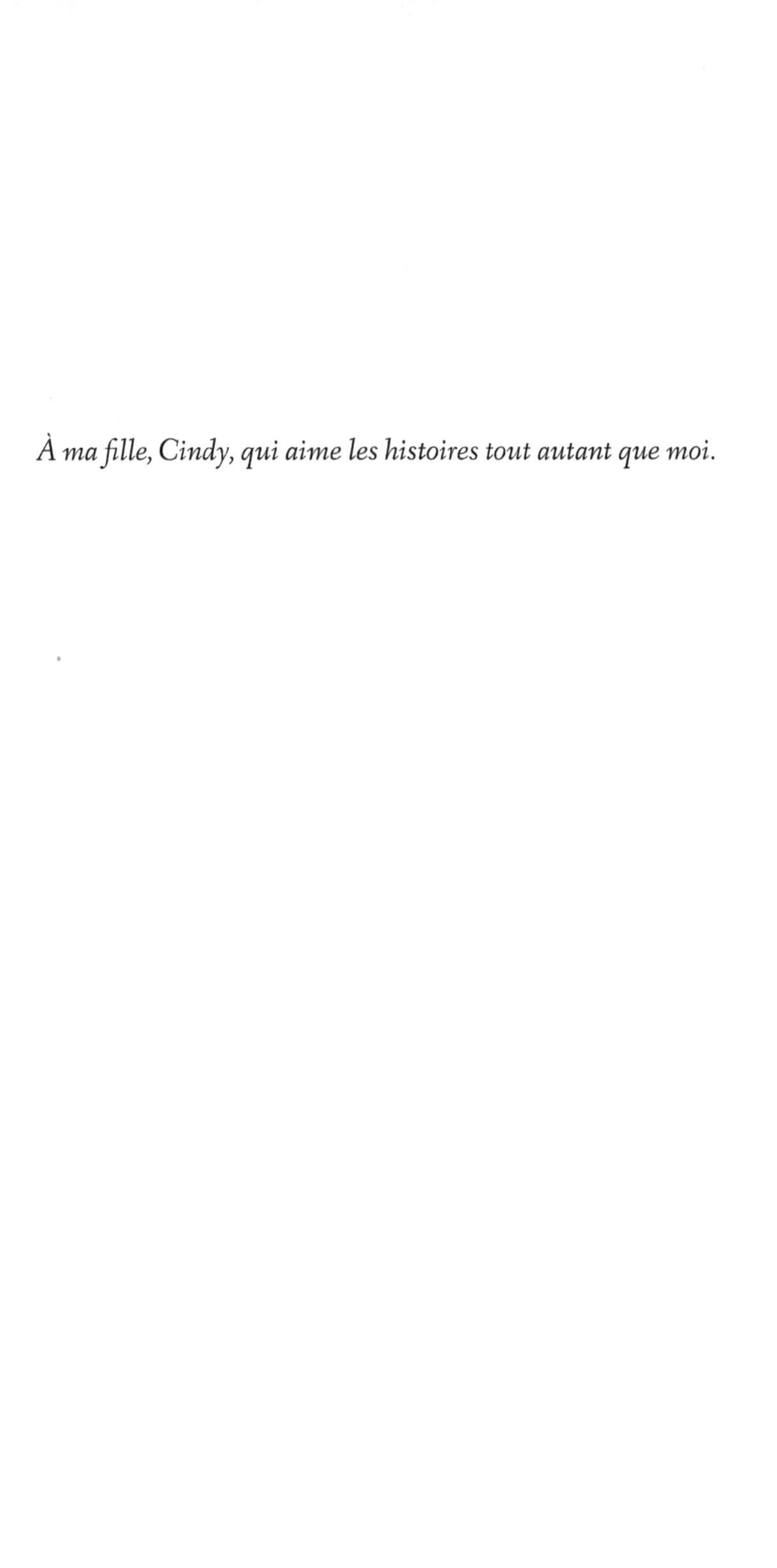

À ma fille, Cindy, qui aime les histoires tout autant que moi.

NOTE DE L'AUTEURE

J'ai régulièrement écrit des nouvelles pendant la majeure partie de ma vie. Trois de celles qui figurent dans ce recueil ont été écrites il y a quelques années, les autres plus récemment. La plupart des histoires explorent un aspect de la vie, de l'amour et de la mort, qui sont pour moi trois éléments définissant notre existence humaine à bien des égards.

Une histoire, *En franchissant le seuil*, n'entre pas tout à fait dans ce moule et a été écrite lorsque ma muse m'a suggéré quelque chose qui ressemble à une histoire de *La Quatrième dimension*. Dans *Retour*, un père et son fils tentent de réconcilier une relation fracturée, tout comme une mère et sa fille dans *Passage à l'âge adulte*. L'histoire principale, *Au-delà de la fissure du trottoir*, aborde le problème des sans-abri du point de vue de jeunes adolescents.

J'espère que vous apprécierez la rencontre avec ces personnages très différents et l'aperçu de leurs vies disparates.

Lorsque vous aurez terminé votre lecture, je serais très honorée si vous laissiez un petit commentaire.

Merci,

Maryann

TABLE DES MATIÈRES

RETOUR

DANS UN GRONDEMENT SOURD ET RÉGULIER, le dernier train de nuit quitta le quai et s'engagea pesamment sur la voie. La gare était maintenant déserte, à l'exception d'un homme seul qui fumait une cigarette tout en regardant les lumières des wagons de passagers qui glissaient vers l'obscurité. Mike s'étonnait toujours que le trajet de deux heures depuis Dallas puisse être un tel voyage dans le temps. À tout moment, il s'attendait à ce qu'une bande de hors-la-loi surgisse de la nuit sur des chevaux couverts d'écume pour arrêter le train avant qu'il ne soit hors de vue. Le cadre faisait très Far West et il se souvenait même qu'une société de production avait filmé le cambriolage d'un train à cet endroit au début des années 60.

C'était il y a une éternité.

Aujourd'hui, nous étions le 14 avril 1970 et Mike O'Leary revenait tout juste du Vietnam. Il n'était plus du tout ce jeune gamin excité qui avait assisté au tournage de ce western. Et il n'était plus le garçon qui écoutait son père parler de son retour de la Grande Guerre non plus. C'est ainsi qu'il nommait toujours la Seconde Guerre mondiale : « la Grande Guerre ».

« C'est celle qui a fait de chaque homme un héros, disait son père en lui tapant dans le dos avec beaucoup de braverie. Mon garçon, je me souviens encore des acclamations de la foule lorsque le navire de transport de troupes a accosté. Et le défilé en fanfare. Et toute cette excitation. Tous ces gens qui nous applaudissaient et nous saluaient pour montrer à quel point ils étaient reconnaissants de ce que nous avions fait pour eux. »

Mike avait toujours aimé entendre ces histoires, mais pour lui, ça n'était rien d'autre que ça : des histoires. Elles n'étaient pas plus réelles que les livres d'aventures qu'il lisait et il n'y avait pas repensé depuis des années. Jusqu'à ce qu'il revienne lui-même chez lui.

Il n'y avait pas eu de défilé. Pas d'acclamations de la foule. Pas même un visage amical à sa descente de l'avion, à l'aéroport international de Los Angeles. Les gens jetaient un coup d'œil à son uniforme et se détournaient. Certains par dégoût, d'autres par simple rejet, un peu comme certaines personnes le font en regardant un enfant. Personne ne l'avait salué, ne lui avait serré la main ou ne lui avait dit un mot gentil alors qu'il venait de traverser la moitié du monde pour rentrer chez lui.

Il voulait leur crier : « Regardez-moi ! Parlez-moi ! Faites-moi croire que toutes ces vies n'ont pas été gâchées pour rien, là-bas, dans cette jungle. Faites-moi croire en quelque chose, en n'importe quoi... en moi-même. »

Mais il n'avait pas crié. Il avait simplement continué son voyage solitaire vers la maison, furieux, amer et désabusé, sans savoir dans quelle direction tourner sa colère.

Devait-il s'irriter contre l'ironie du sort qui l'avait toujours empêché d'être à la hauteur de son père ? Cette même ironie du sort qui avait fait de sa guerre une guerre qui n'avait pas la même clarté d'objectif que celle de son père. Devait-il être désabusé par ceux qui établissaient les normes selon lesquelles

les hommes étaient mesurés ? Ou avec lui-même parce qu'il avait toujours autant de mal à défendre l'homme qu'il était, à essayer d'être celui que son père avait toujours voulu qu'il soit ?

Ou devait-il être amer à propos du coup de chance qui lui avait permis de passer dix-huit mois de combat sans être blessé, alors que tout autour de lui, des hommes bons et honnêtes avaient laissé leur vie et leur sang sur ce champ de bataille ? Peut-être que les gars qui étaient morts là-bas étaient les plus chanceux, après tout. Il n'y avait pas de survivants dans cette guerre. Juste des hommes qui rentraient chez eux avec un uniforme, plutôt que dans un sac en plastique vert.

Mike savait que son père serait fier de ses états de service et des médailles rangées dans des boîtes noires, cachées dans son sac. Deux pièces d'argent qui témoignaient en silence de son courage et de sa virilité. Mais son père comprendrait-il la réalité de la peur déchirante et de l'incertitude tremblante qui niaient cette virilité ?

Ou peut-être devait-il ressentir de l'amertume à propos de sa relation avec John qui l'avait soutenu à travers tout cela, révélant une partie de lui-même que Mike avait soigneusement niée depuis le jour de ses quinze ans ?

Alors que Mike se tenait là, respirant profondément l'air frais et pur, il savait quasi instinctivement que le mince lambeau de relation qui les liait, le père et le fils, était en jeu, avec son retour à la maison.

Il éteignit sa cigarette sur les vieilles planches grinçantes du quai, fit glisser son sac sur ses larges épaules et se dirigea vers le bâtiment de la gare. En s'approchant, il reconnut le pick-up déglingué garé devant. C'était le même tas de ferraille rouillé et cabossé qui l'avait transporté, lui et ses amis, dans le patelin de Comanche pendant des années. Puis Mike distingua la silhouette d'un homme appuyé nonchalamment sur le côté du pick-up. Il n'y avait pas d'erreur sur l'homme non plus. Même dans l'obscurité, Mike reconnaissait la puissante présence de Tom O'Leary.

L'homme plus âgé, vêtu d'un Levi's, d'un Stetson et de bottes, redressa son impressionnant mètre quatre-vingt en voyant son fils s'approcher. Pendant un instant, il n'avait pas été sûr que ce soit Mike. Il avait changé, il était devenu plus grand et plus musclé. Et Tom se demandait quelles horreurs avaient causé les rides sur le visage de Mike. Ou était-ce plus que ça ? Était-ce cette chose intangible qui l'avait troublé aussi longtemps qu'il pouvait s'en souvenir ? Les amis de Tom avaient toujours respectueusement ignoré le manque d'enthousiasme de Mike pour les « activités viriles », mais Tom savait ce qu'ils en pensaient. Avec ce retour au bercail, Mike pouvait faire ses preuves une fois pour toutes et Tom savait que l'enjeu était aussi important pour lui que pour Mike.

« Mike... Mike... vraiment content de te revoir, dit Tom. Tu n'imagines pas à quel point on s'est inquiétés pour toi. Comment vas-tu ? »

Mike serra la main calleuse de son père. « Je vais bien, papa. Je vais bien. »

Tom regarda son fils pendant un long moment. Les cernes sous les yeux de Mike et ses joues creuses n'échappèrent pas à son regard avisé. « Vraiment ? Tu as l'air affreusement fatigué et maigre.

— Ça passera avec un peu de repos et de la bonne nourriture.

— Bon, alors on ferait mieux d'y aller. Mets tes affaires derrière et monte en voiture. »

En silence, les deux hommes furent ballottés sur la route de gravier pleine d'ornières. Mike sentait que son père était tout aussi mal à l'aise que lui et hésitait à envahir l'intimité de son aîné.

« Bon, dit finalement son père, sa voix râpeuse fendant le

silence comme un fouet. Quelques-uns des gars ont pensé qu'on pourrait faire un barbecue demain soir. Pour fêter ton retour à la maison et te donner l'occasion de nous raconter tout ça.

— C'est gentil, papa, mais je ne crois pas que je suis prêt pour ça.

— D'accord. Si tu es trop fatigué, on peut faire ça un autre soir. »

Mike hésita un moment puis dit : « Ce n'est pas ça. C'est juste que je ne veux pas encore en parler. »

L'opposition dans la voix de Mike fit que Tom musela ce qu'il voulait dire ensuite et qu'il continua de conduire en silence.

Alors qu'ils passaient devant les dépendances du ranch de Lazy L et qu'ils s'approchaient de la maison principale, Tom regardait tout cela avec fierté et un sentiment d'appartenance remplissait chaque fibre de son être. C'était comme rentrer de l'église et enfiler ses bottes et son jean. Le ranch avait quelque chose de convenable et de confortable, et c'était le seul endroit où Tom se sentait vraiment chez lui. Son seul regret était que sa femme, Mattie, partie depuis dix ans, n'ait pas vécu pour en profiter avec lui.

Mike voyait tout ça comme s'il était un étranger en visite.

La maison était encore comme dans ses souvenirs, grande et majestueuse, rappelant les immenses demeures qui ornaient les plantations du Sud, et il fut touché par la beauté paisible de l'ensemble. Mais il n'avait jamais pensé qu'elle était à lui, qu'elle lui appartenait ou qu'il lui appartenait. Pas de la même façon que son père. Le seul endroit qui donnait à Mike un sentiment d'appartenance, c'étaient les champs où se trouvait le bétail. Les autres choses considérées comme viriles lui donnaient l'impression d'être un étranger.

Tom coupa le moteur. Le seul bruit que l'on pouvait

entendre était le vent de la nuit qui bruissait dans les peupliers dont les feuilles commençaient tout juste à pousser. C'était une scène paisible et aucun des deux hommes ne semblait pressé d'entrer dans la maison. Ils restèrent assis en silence pendant quelques instants, puis Tom se tourna vers Mike. « Si tu ne veux pas faire de barbecue du tout, nous ne sommes pas obligés. C'est toi qui décides. »

Mike jeta un rapide coup d'œil à son père. « Vraiment, papa ? Je ne suis pas obligé ?

— Évidemment. Tu es un homme maintenant et tu as gagné le droit d'être ton propre patron. Je comprends ce que tu as traversé, et si tu as besoin de quelques jours...

— C'est plus que ça, dit Mike. Pas seulement la guerre. »

Encore une fois, il y avait une rudesse dans la voix de Mike qui semblait mettre Tom sur ses gardes, mais cette fois il parla : « Qu'est-ce que tu veux dire ?

— Les différences. Les conflits. Les barrières qui se sont toujours dressées entre nous. »

Tom secoua la tête. « Je n'ai jamais voulu que ça se passe comme ça, dit-il sur un ton dur. J'ai essayé de faire en sorte que les choses fonctionnent entre nous.

— Certaines choses ne sont pas aussi faciles à faire marcher que les autres, dit Mike, en faisant attention à ne pas hausser le ton. Tu ne peux pas contrôler la vie comme tu contrôles ce ranch. »

Tom lança un regard furieux à son fils. « Est-ce qu'on va commencer à se disputer dès ta première nuit à la maison ? »

Mike soupira. « Je ne veux pas qu'on se dispute, papa. Je ne l'ai jamais voulu par le passé non plus. Mais il serait temps que nous nous comprenions l'un l'autre. La seule façon d'y arriver, c'est de se parler. Sans colère. Sans cris. Juste en parlant. »

Tom sembla méditer sur les paroles de Mike pendant

quelques minutes, puis il sortit du pick-up et fit le tour de la cour, les mains bien enfoncées dans les poches de son jean.

Après un moment, Mike sortit et s'approcha de lui. « On pourrait au moins entrer et prendre un verre.

— Bien sûr, fiston, répondit Tom en se tournant vers Mike avec un soulagement évident. Tu dois être rudement fatigué après tout ce voyage. »

Tom sourit, mais Mike remarqua que le regard de son père était encore troublé. Il toucha légèrement l'épaule de l'homme âgé, puis prit son sac dans le pick-up et se dirigea vers l'intérieur. Il alla déposer ses affaires dans sa chambre, au deuxième étage. Elle était toujours la même que lorsqu'il était parti il y a un peu plus de trois ans, et cette absence de changement le fit sourire.

Après un arrêt dans la salle de bains, Mike redescendit et rejoignit son père dans le salon. La grande pièce confortable était équipée de meubles recouverts de cuir épais et riche, et des trophées de chasse étaient accrochés au-dessus de la cheminée en pierre. C'était définitivement la pièce d'un homme, du bar bien approvisionné à l'armoire à fusils en chêne dans le coin, avec assez d'armes pour équiper une bonne bande, si de telles choses existaient encore.

Mike s'assit sur l'une des chaises devant la cheminée et Tom s'approcha pour lui tendre un verre généreusement rempli de bourbon pur. « À ton retour sain et sauf ». Tom leva son verre et avala une bonne gorgée. Puis il posa le verre sur la table, s'assit en face de Mike et sortit un cigare de la boîte.

« Dans ce bas monde, rien ne vaut un bon bourbon du Kentucky et un bon cigare. » Tom coupa le bout du cigare et le goûta. Il poussa la boîte vers Mike. « Tu en veux un ?

— Non merci, je vais me contenter des cigarettes. » Mike remua sur son siège, souhaitant se sentir plus à l'aise dans la pièce, mais il ne s'était jamais plu ici. Tout était trop grand et trop écrasant, mais cela semblait convenir à son père. Une fois que l'homme avait préparé les boissons et son cigare, c'était comme si l'essence même de la pièce s'infiltrait en lui et qu'elle faisait de lui une personne à part entière.

La voix de Tom tira Mike de sa contemplation. « Tu as des projets maintenant ?

— Rien de précis. Je peux donner un coup de main ici pendant quelque temps. Ensuite, je déciderai de ce que je veux faire.

— On aurait bien besoin d'un coup de main en ce moment. » Tom se leva et apporta leurs verres au bar pour les remplir à nouveau. « On va ramener les veaux pour les marquer.

— Je savais que c'était l'époque. C'est pour ça que j'ai pensé rester dans le coin un moment.

— Pour être honnête, j'espérais que tu resterais dans le coin plus longtemps qu'un moment.

— Je sais, dit Mike, en prenant le verre que lui tendait son père. Mais je ne suis peut-être pas à ma place ici...

— Bon sang ! Ce n'est pas une question d'être à sa place. Ce ranch est tout autant à toi qu'à moi. »

Mike détourna le regard sans répondre.

Quelques secondes s'écoulèrent dans un silence pesant, puis Tom demanda : « Alors, qu'est-ce que tu vas faire ?

— Je ne sais vraiment pas, répondit Mike en soupirant et en jetant un coup d'œil à son père. J'ai juste besoin de temps pour faire le point sur tout ce qui s'est passé.

— Je ne veux pas te bousculer, mais...

— Alors, ne me bouscule pas, papa, s'il te plaît. » Le visage de Mike était de nouveau sombre, et le ton tranchant demandait à Tom de le laisser tranquille.

« OK, dit Tom en faisant un effort pour se montrer jovial. Je ne vais pas brusquer les choses. On pourra en parler plus tard.

Quand tu seras prêt. Pour l'instant, soyons juste heureux que tu sois rentré à la maison. »

Tom leva son verre en signe d'hommage et les deux hommes vidèrent leur verre. Puis Mike se leva et porta son verre vide jusqu'au bar. « Je suis crevé. Je pense que je vais aller me coucher. »

Pendant plusieurs semaines, Mike tenta de se noyer dans le travail. Il accompagna les saisonniers lors des rassemblements de printemps et fit plus que sa part du marquage. C'était la partie de la vie au ranch que Mike avait toujours aimée – le travail. Il n'y avait rien de mieux que d'être à l'air libre avec le soleil qui l'écrasait et la forte odeur animale des chevaux et des vaches qui imprégnait l'air. Il aimait la sensation d'un bon cheval travaillant avec lui comme un seul homme, guidant et encordant, et la brise légère qui séchait la sueur accumulée sur eux deux. Et il aimait la façon dont son corps répondait à ses demandes. Il ne se souciait même pas de la raideur et de la douleur de ses muscles à la fin de la journée. C'était très satisfaisant. Il avait souvent pensé que s'il avait pu être un employé, il se serait senti vraiment chez lui ici.

En tant que simple cow-boy, il n'aurait pas à faire autant d'efforts pour reléguer aux oubliettes ce défaut de base qui le séparait de tous les autres hommes. Il aurait tout simplement pu se laisser porter d'un endroit à l'autre. Personne n'aurait eu besoin de savoir. Et si la vérité était découverte, ça n'aurait pas eu d'importance, il serait simplement passé à autre chose. Mais pour l'instant, il ne voulait pas passer à autre chose. Il voulait rester. Trouver un moyen de faire en sorte que les choses fonctionnent.

Mike aurait aimé que sa mère soit encore en vie. Tout au fond de lui, quelque chose lui disait qu'elle aurait compris et qu'elle aurait été la seule personne au monde à avoir suffisamment d'influence pour obliger son père à se montrer raisonnable sur certains points. Mais elle était partie et ça n'avait aucun sens d'espérer quoi que ce soit. Si les souhaits voulaient dire quelque chose, il pouvait simplement souhaiter que tout se volatilise.

Un soir, alors qu'il était assis seul dehors, à écouter le vent souffler dans un bosquet de pins, entendant de temps en temps le hurlement d'un coyote au loin, Mike réalisa qu'il devait arrêter de penser à ce qu'il devait faire et simplement le faire. Le dire à son père et espérer que tout se passerait au mieux. Au cours des dernières semaines, il avait commencé à ressentir pour le ranch une affection qu'il n'avait jamais éprouvée auparavant et pour la première fois de sa vie, il avait pensé qu'il pourrait rester ici à long terme. Si seulement son père pouvait l'accepter.

Plusieurs jours plus tard, Mike jeta un œil dans l'antre de son père par la porte ouverte et le vit assis derrière l'énorme bureau en chêne, inscrivant des chiffres précis dans un livre de comptes.

« Papa, dit Mike en faisant quelques pas hésitants dans la pièce. Tu es occupé ?

— Jamais trop occupé, répondit Tom en refermant le registre et en se dirigeant vers le bar. Tu veux un verre ?

— Pourquoi pas ? Un bourbon. »

Tom prépara les boissons, tendit un verre à Mike et se rassit. « Nous avons une bonne année. Les chiffres sont en hausse.

— Content d'entendre ça. » Mike leva son verre.

Les deux hommes restèrent assis en silence pendant quelques minutes, à siroter le liquide ambré, puis Tom demanda : « Qu'est-ce qui te préoccupe ?

— Tu m'as demandé quels étaient mes projets. Alors, j'aimerais t'en parler maintenant.

— OK, je t'écoute. »

Mike avala une grande gorgée de son verre, puis dit : « Je veux rester ici au ranch.

— Eh bien ça, mon fils, ça me fait très plaisir.

— Je sais que je ne t'ai pas facilité la vie avant. J'ai toujours parlé comme si je voulais partir pour de bon. Mais maintenant, je sais qu'il n'y a pas d'autre endroit où je voudrais être. Même si je n'ai jamais été le genre d'éleveur que tu es. »

Tom leva son verre. « Ça viendra en temps voulu, Mike.

— Non, papa. Ça n'arrivera pas. Nous sommes différents. Il est temps qu'on l'accepte tous les deux, dit Mike en faisant tourner le liquide ambré dans son verre. J'ai appris quelque chose sur moi-même au cours des trois dernières années. » Il fit une pause, prit une inspiration, puis continua : « Je ne m'attends pas à ce que tu le comprennes ou que tu l'acceptes. J'ai encore du mal à l'accepter moi-même. »

Mike hésita encore, et le silence plana sur la pièce comme de lourds nuages avant l'orage. Tom se dirigea vers le bar et se servit un autre verre, une partie du liquide se répandant par-dessus le bord. En lui jetant un œil, Mike vit que son père perdait sa contenance. Ses mains tremblaient quand il porta le verre à ses lèvres. Il resta là, comme s'il voulait se tenir à l'écart de ce que Mike pourrait dire. Le savait-il déjà ?

Mike perdit quasiment son sang-froid. Peut-être valait-il mieux ne pas en parler. Pourrait-il supporter de voir cette tour d'orgueil s'écrouler sous ses yeux ? Est-ce qu'ils seraient encore, l'un ou l'autre, des personnes entières après ça ? Comme des milliers de fois auparavant, il sentit la rage monter en lui. Il voulait que tout cela disparaisse. Que ce soit un cauchemar dont il pourrait se réveiller. Alors il n'aurait plus à souffrir cette agonie ou à l'infliger à quelqu'un d'autre.

« Bon Dieu ! » Mike jeta son verre contre la cheminée où il se brisa en mille morceaux, les éclats de verre retombant sur les grosses pierres grises de l'âtre.

Tom se retourna et s'avança vers Mike pour lui faire face. « Qu'est-ce qui est si terrible que tu ne puisses pas le dire ? »

Mike soutint le regard de son père et pensa que c'était peut-être la dernière fois que celui-ci le regardait avec une certaine fierté. Il fallut une minute entière avant qu'il ne puisse parler. Sans baisser les yeux, il dit : « Papa, je ne serai jamais comme toi. Je ne peux pas être comme toi... Je suis gay. »

La voix de Mike était à peine un murmure, mais Tom entendit les mots gronder dans sa tête comme un troupeau de bétail. Il voulait crier et hurler et s'en prendre aux mots mêmes qui avaient été prononcés. La nausée lui montait à la gorge et, pendant un bref instant, il crut qu'il allait vomir. Cela ne pouvait pas être vrai. C'était son fils... la chair de sa chair... il ne pouvait pas être un... un...

Tom ne pouvait se résoudre à prononcer le mot. Ça le révoltait. Il ne pouvait pas supporter le regard accablé de Mike, alors il se détourna. La dernière fois qu'il avait vu ce genre de douleur, il avait abattu le pauvre coyote qui tentait d'échapper aux mâchoires d'acier du piège qui le retenait prisonnier.

« Je n'ai jamais voulu que ce soit comme ça, dit Mike d'une voix empruntée qui pénétrait lentement le brouillard de misère qui enveloppait la conscience de Tom. J'aurais fait n'importe quoi pour changer. Revenir dans le passé pour faire naître le fils que tu as toujours voulu. Mais je ne peux pas. Dieu sait que j'ai essayé. Et je comprendrais si tu voulais que je m'en aille. »

Mike se retourna et se mit à marcher vers la porte.

« Attends. »

Mike s'arrêta, mais ne se retourna pas.

« Je ne sais pas quoi dire. » La voix de Tom était étouffée par l'émotion. « Je ne peux pas le croire. Je ne veux pas le croire.

— Je ne le veux pas non plus, dit doucement Mike. Je garde

toujours espoir... et parfois je ne m'aime pas beaucoup. Mais quoi qu'il arrive... c'est là. »

Tom regarda le dos de son fils, raide comme un piquet, et réalisa avec une angoisse soudaine que c'était là le seul lien qu'il avait avec le passé ou l'avenir. Il s'approcha et posa une main hésitante sur l'épaule de Mike. Il pouvait sentir ses muscles se tendre sous le tissu de sa chemise, alors qu'il tentait de se maîtriser. « Donne-moi juste un peu de temps », dit Tom.

Mike acquiesça, sans se retourner pour faire face à son père. « Je vais m'installer dans la vieille cabane de chasse pendant un moment. Donne-nous du temps à tous les deux. »

Tom ne répondit pas.

« Je vais préparer un cheval et je serai parti dans la matinée. » Mike quitta la pièce sans se retourner.

Tom était debout, incapable de bouger ses jambes tremblantes. Ses entrailles étaient vides et une vague de solitude l'envahit, plus intense que lorsque Mattie était morte. Il se souvenait de chaque minute, de chaque seconde de cette horrible journée, et il n'avait jamais pensé pouvoir ressentir plus d'angoisse que cela.

« Oh, Mattie, dit-il doucement. Que vais-je faire ? » Il essaya d'imaginer comment elle aurait réagi si elle avait été là. Qu'aurait-elle dit ?

Après avoir titubé jusqu'à sa chaise et s'y être affalé, il comprit ce qu'elle aurait dit. « C'est notre fils et rien ne peut changer ça. »

Il entendit clairement les mots dans son esprit. Elle le défiait, le remettait même en question.

Tom se dirigea vers le bar, se prépara un autre verre et l'emporta pour aller s'installer sur la chaise devant la cheminée. Le feu était presque éteint, mais une petite flamme dansait encore. Elle se reflétait sur les morceaux de verre qui jonchaient l'âtre en pierre, les éclats scintillant comme la rosée du matin.

Il était légèrement surpris de voir tout ça de cette façon. Il n'avait jamais été très porté sur la poésie. Il était plutôt un homme d'action et laissait les choses de l'intellect aux érudits. Mais il semblait y avoir une certaine signification ici. Une chose que son esprit essayait de lui dire. Pour l'aider à comprendre qu'il avait le choix. Entre briser la relation ou essayer de la reconstruire. Pourrait-il trouver le courage d'aimer son fils tout en étant révolté par son homosexualité ?

Voilà. Il l'avait dit. *Mon fils est homosexuel.* Il pouvait presque voir Mattie lui sourire.

Il posa son verre sur la table, éteignit la lumière et monta l'escalier sombre. Au milieu du couloir, il s'arrêta devant la chambre de Mike dont la porte était légèrement entrouverte. Il pouvait voir son fils éclairé par les faibles rayons de lune qui filtraient à travers la fenêtre. Mike dormait d'un sommeil agité, et en le regardant tourner dans son lit, Tom se souvint du petit garçon qui rêvait de fantômes et de lutins. Le petit garçon qui courait vers son père pour être réconforté et qui croyait que Tom pouvait chasser les fantômes.

Tom savait que ce petit garçon était toujours présent à l'intérieur de Mike, et Tom souhaitait de tout son cœur avoir la capacité de chasser le fantôme qui hantait son fils maintenant. Le fantôme qui les hanterait tous les deux pendant longtemps. Mais il savait qu'il ne pouvait pas le faire. Il ne pouvait pas faire disparaître ce problème, ni pour lui ni pour son fils. D'une manière ou d'une autre, ils devaient apprendre à vivre avec. Il se pourrait qu'ils passent leur vie à essayer, et peut-être en vain, mais ils devaient au moins essayer. Et c'était à Tom de faire le premier pas.

PAS ENCORE LE MOMENT DE MOURIR

« OH, MOI... OH, MON DIEU... OH... » Les gémissements inquiétants, semblables à ceux d'un fantôme, remplissaient la pièce, mais je ne savais pas exactement d'où ils venaient. Pour arrêter le tumulte de mes pensées troublées, j'immobilisai mon corps et le chant s'arrêta. D'où venait-il ?

Mon esprit luttait pour retrouver sa clarté, mais il continuait à vaciller, glissant dans ce délire comme un serpent s'enfonçant dans l'obscurité de son trou. Je sais. C'est mon imagination. Non. Ça revient.

« Oh, mon Dieu... non... non... » Les mots résonnaient encore et encore dans l'obscurité.

J'ouvris les yeux et la réalité s'insinua doucement en moi. La fin était proche, mais elle ne s'était pas encore produite. La douleur qui poignardait ma poitrine me rappelait que j'étais toujours en vie. J'attendais. Il y avait de la joie dans cette douleur, mais aussi une triste déception. Il aurait été préférable d'en finir maintenant.

Puis un voile d'épouvante me recouvrit comme une vague étouffante et j'appelai l'infirmière.

Je ne voulais pas rester seule avec cette peur.

« Bon sang ! marmonna Nancy alors que les gémissements augmentaient en volume. Pourquoi elle ne se tait pas ? »

Ravalant son impatience, Nancy se glissa hors de son lit et marcha sur le sol dur et carrelé jusqu'à l'autre bout de la pièce. C'était la première fois qu'elle trouvait le courage de s'approcher de la femme depuis son admission. Elle s'était dit que c'était par respect pour son intimité, mais elle n'en croyait rien.

Maintenant, l'urgence dans la voix de la vieille dame l'attirait comme une sirène.

La tristesse s'empara de son cœur alors que Nancy regardait le frêle squelette d'une personne qui donnait à peine du relief à sa couverture. À l'exception du faible soulèvement de sa poitrine délicate, la femme aurait pu être morte et pour Nancy, cela ressemblait trop à l'image qu'elle avait de sa grand-mère gisant dans son cercueil, deux ans auparavant. « Soyez maudite, murmura-t-elle à ces oreilles qui n'entendaient plus. Soyez maudite pour m'avoir rappelé tout ça. »

Voulant échapper au passé et au présent, Nancy se détourna, puis s'arrêta lorsque la vieille dame remua sa main. Le mouvement était un léger battement, comme un papillon qui prenait son envol, et Nancy ne put résister à l'envie de tendre la sienne.

« Emily ? C'est toi ? »

La voix rauque brisa le silence et le son surprit Nancy autant que les mots. Qui diable était Emily ?

Un autre bruissement attira son attention. Nancy se retourna pour voir une infirmière passer la porte. La femme d'âge moyen regarda Nancy avec une certaine lassitude sur le visage. « Que faites-vous hors du lit ?

— Je n'arrivais pas à dormir, répondit Nancy en laissant la place à l'infirmière. Je me suis levée pour voir si je pouvais faire quelque chose pour elle.

— Votre médecin vous a ordonné de rester alitée. » L'infirmière enfila des gants en latex puis inséra l'aiguille d'une seringue dans l'intraveineuse de la vieille dame. « Laissez-nous nous occuper des autres patients. »

Quand la porte se referma derrière l'infirmière, la pièce se retrouva à nouveau plongée dans l'obscurité.

« S'il vous plaît, ne me laissez pas... s'il vous plaît, ne me laissez pas ! » Ça recommençait. Ce terrible gémissement. J'ouvris les yeux et j'essayai de déterminer d'où venait le son, mais rien n'était discernable dans les lumières et les ombres qui flottaient dans la pièce. Tout semblait suspendu dans le temps, comme des objets jetés au hasard dans les confins de l'espace.

« Pourquoi je ne suis pas encore morte ? Je suis prête. »

J'ai dit ça ?

Je ne sais pas.

Peut-être.

Puis, avec la respiration suivante, le brouillard se dissipa et je repris conscience de la douleur. Une douleur qui mettait la réalité en évidence : le luminaire opaque au plafond, la chaise vide à l'autre bout de la pièce, le tube qui déversait la vie dans mon bras, le faible sifflement de l'oxygène qui rappelait à mes poumons de respirer.

Je sentais la douleur trancher profondément, comme si elle utilisait un scalpel pour atteindre le cœur de mon être. Dans un instant, la douleur serait insupportable. Alors, je devrais sonner pour demander l'aiguille qui, heureusement, m'apporterait un certain soulagement.

Sans pitié, cela me renverrait aussi à la non-existence.

Des bruits de détresse emplirent la pièce, réveillant à nouveau Nancy. Réalisant que le bruit provenait de la vieille dame, Nancy rejeta ses couvertures et se précipita vers l'autre lit. La douleur semblait tirer la femme, balançant son corps frêle d'un côté à l'autre. Nancy s'accrocha à ses frêles épaules, essayant de calmer les secousses et luttant contre la terrible peur qu'un os fragile ne se brise entre ses mains. Mais elle ne pouvait pas ignorer la détresse, n'est-ce pas ?

Nancy se retourna lorsqu'elle entendit la porte s'ouvrir à nouveau, accompagnée par le léger bruit de pas qui s'approchaient. Son cœur battait si fort qu'elle pensait qu'il allait éclater dans sa poitrine lorsqu'elle s'écarta, prête à recevoir une réprimande qui ne vint pas. L'infirmière répéta tranquillement ses gestes : elle donna des médicaments à la femme, attendit quelques minutes que le sédatif calme son agitation, puis sortit.

Un faible soupir venant du lit attira l'attention de Nancy. Elle savait qu'elle devrait vraiment retourner dormir, mais le conflit de ses émotions la maintint immobile jusqu'à ce que la pitié l'emporte. Prenant délicatement la main de la vieille dame, Nancy caressa les rides sèches d'une peau aussi délicate que de la dentelle ancienne. Ce moment n'était pas sans lui rappeler l'un des derniers qu'elle avait partagés avec sa grand-mère et elle fut submergée par une nouvelle vague de tristesse. Mais ce n'était pas seulement pour la perte qu'elle avait connue. Une partie de cette tristesse concernait le présent.

Alors, elle resta jusqu'à ce que la vieille dame soit profondément endormie.

Le lendemain matin, Nancy se réveilla dans un silence béni et alla à son rendez-vous avec le radiologue. Elle se réjouit de passer du temps loin de la vieille dame et de la conscience permanente de sa situation. Ça ne la regardait pas, hein ? Elle devrait juste l'ignorer. C'est ce que sa tête lui disait. Mais son cœur lui rappelait sans cesse qu'il était inadmissible que cette femme se retrouve seule dans cet endroit.

Lorsque la séance de radiographie fut terminée, Nancy était plus que prête à passer quelques heures au lit. Elle était fatiguée d'être bousculée, sondée, teintée et ballottée sur une table d'acier froid. Elle était également contente de pouvoir retrouver sa chambre afin de satisfaire sa curiosité à l'égard d'Emily. Si elle était aussi importante pour la vieille dame, elle se montrerait sûrement un jour ou l'autre.

L'après-midi passa lentement jusqu'au début de la soirée et la mystérieuse Emily n'avait toujours pas fait son apparition. Nancy s'était un peu assoupie, mais elle était sûre qu'elle n'aurait pas manqué le bruit de quelqu'un entrant dans la pièce.

Quand l'infirmière vint faire sa ronde, Nancy se décida à poser des questions sur la famille de la vieille dame, en particulier sur Emily.

« On ne se mêle pas de la vie des patients, lui dit l'infirmière en lui lançant un regard cinglant.

— En fait, elle l'appelle sans cesse. Et la nuit dernière, elle a cru que j'étais cette Emily. » Nancy soutint son regard avec défiance. « Ça pourrait être bien de savoir qui je suis censée être si on a une autre petite discussion ce soir.

— D'accord. » Le ton coupé trahissait une certaine réticence. « Emily est sa fille.

— Oh... » Nancy fit une pause pour digérer cette information. « Elle ne vient pas lui rendre visite ?

— Pas souvent.

— Oh. » Nancy fit une nouvelle pause. « Elle doit vivre assez loin.

— Non. Mais elle est... en fait, elle est très occupée. Et c'est tout ce que je peux vous dire. » L'infirmière pinça les lèvres comme si une parole indisciplinée pouvait se glisser par la fente, puis elle s'empressa de sortir.

Mue par un soudain élan de compassion, Nancy se leva et se dirigea vers l'autre lit. Cette pauvre vieille dame, si seule et si pitoyable. Il lui semblait que la chose la plus naturelle à faire était de tendre la main et de la toucher à nouveau.

« Emily ? Emily ? C'est toi ? »

Ces mots furent prononcés dans un murmure rauque et les yeux de Nancy furent embués par les larmes. C'est ridicule, songea-t-elle, mais sa voix défia son bon sens. « Oui. Je suis là. »

La pesanteur se transforma en une douleur dans l'estomac de Nancy alors qu'elle tenait la main frêle. Elle n'avait pas besoin d'être experte en médecine pour savoir que la vieille dame était en train de mourir et elle ne pouvait pas imaginer que cela se produise d'une manière plus disgracieuse. Ce corps, qui n'était qu'à un jour ou deux de la morgue et qui était attaché à tous ces tubes, encourageait à peine chaque nouveau battement de cœur. Qu'est-ce que ça faisait d'être allongé là, heure après heure, dans une demi-conscience, à attendre le dernier souffle et à se demander pourquoi il n'arrivait pas encore ? La vieille dame s'en rendait-elle compte, s'en souciait-elle ?

Retirer tous les tubes. C'est tout ce qu'il faudrait. Ce ne serait pas comme tuer quelqu'un. Elle était déjà morte, son corps n'avait juste pas encore intégré l'idée.

« Non ! » Nancy s'arracha à cette pensée importune et s'empressa de retourner se réfugier dans son propre lit. Comment pouvait-elle même penser à une telle chose ?

Nancy fit un creux au milieu de son oreiller avec son poing et s'installa, mais le sommeil ne vint pas facilement. Son esprit faisait tourbillonner le cercle sans fin des questions et les rappels constants venant de l'autre côté de la pièce la tiraillaient.

La douleur de la vieille dame était comme une autre entité qui avait élu domicile ici. Elle était si réelle que Nancy était certaine de pouvoir tendre le bras et la toucher. Le bourdonnement et le cliquetis constant de l'intraveineuse jouaient comme la bande-son d'un film attendant un dialogue pour satisfaire le public, mais les divagations incohérentes de la vieille dame qui s'élevaient et retombaient comme des oiseaux jouant dans le vent, n'offraient pas aucune clarté à l'histoire.

Quelques heures plus tard, Nancy finit par s'endormir d'un sommeil agité et fut réveillée en sursaut par un cauchemar terrifiant. Elle passa sa main sur son visage trempé de sueur pour s'assurer qu'elle n'était pas vraiment cette vieille pourchassée par des personnes sans visage qui tentaient de l'exterminer.

Dans son rêve, elle avait couru farouchement dans une ruelle sombre, mais des créatures fantomatiques la suivaient, gagnant du terrain lorsqu'elle ralentissait sa foulée. Oh, mon Dieu ! Ils allaient la rattraper. Elle trébucha, tomba, sentit le ciment froid contre sa joue. Elle vit une vague de ténèbres arriver sur elle. « Aidez-moi. Aidez-moi », cria-t-elle, dans un état second, et le cri résonna dans la sombre chambre d'hôpital.

« Aidez-moi ! Aidez-moi ! »

Nancy se rendit compte que le cri n'était plus seulement le sien. Se levant d'un bond, elle se dirigea vers l'autre lit et regarda la vieille dame, surprise de voir de la clarté dans les yeux bleus délavés qui la regardaient.

« Qui êtes-vous ? »

Nancy ne savait pas comment répondre. Préparée à jouer de nouveau le rôle d'Emily, elle n'était pas sûre de pouvoir gérer la réalité. « Euh... je m'appelle Nancy. Je suis... euh... dans l'autre lit. »

La vieille dame tendit la main et saisit celle de Nancy avec une force étonnante. « S'il vous plaît, Nancy, l'implora-t-elle. Vous devez m'aider.

— Je... euh... Je ne sais pas ce que je peux faire. » Nancy se libéra du fort désespoir qui s'accrochait à elle.

« S'il vous plaît. » La voix crépitait comme du cellophane. « Je veux mourir. S'il vous plaît, laissez-moi mourir ! »

Puis l'instant de lucidité de la vieille dame se replia comme une fleur du soir et elle glissa à nouveau dans l'inconscience.

D'abord, Nancy n'était pas sûre d'avoir vraiment entendu les mots. Peut-être qu'elle voulait juste croire qu'elle les avait entendus. Mais tout au fond d'elle-même, elle savait.

Mon Dieu, qu'est-ce que je suis censée faire ?

La détresse agitait la vieille dame, ses bras fins et meurtris heurtant la rambarde, et le cœur de Nancy battait la chamade dans sa poitrine.

Ignorant les possibles conséquences si l'infirmière entrait, Nancy s'assit sur le rebord du lit et prit la vieille dame dans ses bras.

C'était comme tenir de l'air.

« Emily ? Oh, Emily, tu es venue. »

Nancy passa légèrement son doigt sur une larme qui s'était échappée de l'œil de la vieille dame. « Oui. Tout va bien maintenant. »

Guidée par un instinct ancestral qui avait été gravé dans

son ADN par la première femme à avoir tenu une mère mourante, Nancy berçait doucement la vieille dame, murmurant une symphonie de paroles apaisantes. Elle pouvait sentir la brûlure de ses propres larmes et les trouvait en quelque sorte appropriées.

AIMER À NOUVEAU

(PUBLIÉ POUR LA PREMIÈRE FOIS DANS L'ANTHOLOGIE SHORT & HAPPY DE S&H PUBLISHING.)

GLORIA SE PRÉCIPITA DANS LE STARBUCKS ET VIT SON AMIE DÉJÀ ASSISE AVEC UN LATTE. Elle la salua de loin, puis se dirigea vers le comptoir pour commander un café. Ou peut-être qu'elle prendrait une tisane. Quelque chose d'apaisant. Ses nerfs étaient à vif depuis la visite de Frederick la veille au soir. Elle avait hâte de tout raconter à son amie.

Elle commanda une tisane à la camomille et, quand elle fut prête, elle s'empara du gobelet et rejoignit Félicia. Tôt ce matin-là, Gloria avait appelé Félicia, lui avait demandé de la rejoindre au coffee shop et l'avait appâtée en lui disant qu'elle avait une nouvelle absolument incroyable à lui raconter. Félicia avait supplié Gloria de tout lui raconter tout de suite, mais Gloria avait refusé en lui disant que cela devait se faire de vive voix.

À présent, son amie l'observait, l'excitation brillant dans ses yeux. « Bon, tu vas me le dire, maintenant ?

— Cet homme que j'ai rencontré au catéchisme m'a rendu visite hier soir.

— OK.

— Frederick. Il s'appelle Frederick.

— D'accord. » Le visage de Félicia indiquait clairement qu'elle n'y voyait rien de si extraordinaire. « Et alors ? Qu'est-ce que ce Frederick avait à dire ?

— "Je suis venu vous *faire la cour*, Gloria." »

Félicia étouffa un rire. « Vraiment ? C'est ce qu'il a dit ? Personne ne parle comme ça de nos jours.

— C'est ce que je lui ai dit.

— Quoi ? Ta réponse, c'était de le corriger ? »

Gloria soupira. « Je ne l'ai pas corrigé. Je lui ai simplement fait remarquer que les gens ne se font plus la cour. D'après mon petit-fils, les gens sortent ensemble.

— J'ai entendu ça aussi. Pas certaine de vraiment savoir ce que ça veut dire.

— Moi non plus. Et peut-être vaut-il mieux ne pas savoir. »

Félicia prit une gorgée de son café, puis demanda : « OK. Qu'est-ce que tu lui as dit ?

— Je lui ai dit que je ne savais pas. Que je devais y réfléchir.

— Bon, ne réfléchis pas trop longtemps. Nous ne sommes plus des adolescentes. Nous n'avons même plus la cinquantaine. »

Gloria rajouta du sucre dans sa tisane et la remua. « Que ferais-tu à ma place ?

« N'essaye pas de me faire prendre une décision à ta place, dit Félicia en riant. C'est à toi de le faire. »

Comme Gloria ne répondait pas, Félicia alla au comptoir pour acheter deux scones aux myrtilles. Elle les ramena et en glissa un vers son amie. « Alors, dis-moi. Qu'est-ce que ça te fait d'avoir cet homme qui veut te *faire la cour* ?

« Je ne suis pas sûre. » Gloria ouvrit le scone et en beurra la moitié. « Je l'aime bien. Lui et sa défunte femme étaient de bons amis, alors je sais quel genre d'homme il est. Il était vraiment gentil avec elle quand elle était malade.

— Ça m'a l'air d'être un type formidable.

— Oui. C'est vrai. Mais nous sommes vieux. On a largement dépassé l'âge de tomber amoureux.

— Gloria Keith, je n'arrive pas à croire que tu dises ça. Toi qui vis toujours pleinement ta vie.

— C'est différent. »

Gloria détourna le regard, beurrant la seconde moitié de son gâteau avec ostentation. Alors, Félicia dit : « Tu as peur, n'est-ce pas ? »

C'était une affirmation, pas une question. Gloria s'en rendit compte, mais elle ressentit tout de même le besoin de s'expliquer. « Ça ne te ferait pas peur, à toi ? Ray est le seul homme que j'ai aimé. Le seul avec qui j'ai été. Tu sais, en couple. Et si Frederick voulait... tu sais ? »

Félicia se mit à rire. « Ce n'est qu'une soirée. Et s'il a été assez galant pour dire qu'il voulait te faire la cour, je doute qu'il te demande de coucher avec lui dès le premier rendez-vous.

— Ne sois pas vulgaire. »

Parfois, Félicia pouvait être un peu brutale sur les bords, mais cela renforçait toujours l'attachement de Gloria. On lui avait appris que les dames se devaient de garder leurs bonnes manières et de ne jamais parler en public de ce qui se passait entre un homme et une femme, et elle accueillait parfois le franc-parler de Félicia comme une bouffée d'air frais. Malgré leurs différences, elles avaient développé une relation suffisamment profonde pour permettre à Félicia d'être grossière et à Gloria d'être guindée sans que leur amitié n'en souffre.

« J'ai une idée, dit Gloria, en essuyant le beurre sur ses doigts avec une serviette. Pourquoi Dave et toi, vous ne vous joindriez pas à nous pour un dîner ? Je pourrais cuisiner et inviter Frederick. Comme ça, ce ne serait pas comme un vrai rendez-vous.

— Et s'il veut un vrai rendez-vous ? demanda Félicia avec

un sourire. Et s'il veut t'embrasser pour te souhaiter bonne nuit en fin de soirée ? »

Le cou de Gloria se réchauffa à cette idée. À son grand dam, une autre partie de son anatomie aussi. « Tu es encore vulgaire.

« Pas du tout. Réfléchis-y juste un instant. Il a clairement des attentes. Tu dois juste décider si tu en as aussi. »

Gloria plia sa serviette en carrés de plus en plus petits. « Je pensais juste que cette partie de ma vie était finie. Après Ray... tu sais. J'ai presque soixante-dix ans, pour l'amour du Ciel.

— Ça veut dire que tu vas t'asseoir dans ta chaise à bascule sous le porche du jardin et que tu vas laisser passer le reste de ta vie ? »

Gloria essaya de trouver une réponse, mais les mots lui manquaient.

« Ce n'est pas la Gloria que je connais, déclara Félicia. Mon amie Gloria n'a jamais eu peur de se lancer dans une nouvelle aventure. »

Sur le chemin du retour, Gloria avait repensé à ce que Félicia avait dit. *Est-ce vrai ? Suis-je simplement trop effrayée pour envisager l'idée d'une nouvelle aventure ?*

Elle rentra sa petite Honda dans son garage, puis marcha jusqu'à la porte à l'arrière de sa maison. Au lieu de passer devant le rocking-chair sous le porche arrière, elle s'arrêta et songea qu'elle pourrait s'asseoir un moment. Mais en fait, peut-être pas. Elle passa sa main sur le dossier et le poussa légèrement. Alors que la chaise se balançait doucement d'avant en arrière, Gloria essuya ses mains moites sur son pantalon et entra dans la maison.

Si elle n'appelait pas Frederick maintenant, elle ne le ferait jamais.

PASSAGE À L'ÂGE ADULTE

JENNY REJOIGNIT SON MARI SOUS LE PORCHE, s'appuya contre le dossier de la balancelle et poussa un soupir de soulagement. Le bébé dormait enfin et les deux autres enfants étaient couchés. Qu'ils dorment ou pas, Jenny ne le savait pas. Et ça lui était égal.

« Fatiguée ? demanda Michael.

— Oui. La journée a été difficile. » Dissimulée derrière sa réponse habituelle, Jenny ressentit le besoin de lui en dire plus. Elle voulait décrire ce qu'elle avait ressenti cet après-midi-là, pendant que le bébé pleurait, que le téléphone sonnait, que la soupe débordait de la casserole et que Danny et Matthew détruisaient le salon en jouant à la guerre. Mais en essayant de le formuler, tout semblait si dérisoire, si semblable à une scène créée pour vendre de l'huile de bain sur le site *Medicine Avenue.*

Comment pouvait-elle expliquer ce que toutes ces sottises lui faisaient ressentir alors qu'elle ne les comprenait pas elle-même ?

Elle, Jenny Corbett, avait choisi d'être maman et femme au

foyer et défendait âprement son droit de faire ce choix. Alors pourquoi n'était-elle pas satisfaite ? D'un certain point de vue, elle le savait, mais elle ne *comprenait* pas vraiment pourquoi le choix qu'elle avait fait dans sa vie était cette grande dichotomie entre les moments heureux d'une maman et ceux où elle était tellement dépassée qu'elle voulait tout envoyer balader. Si elle ne comprenait pas, comment pouvait-elle espérer que le faire comprendre à Michael ? Comment pouvait-elle lui parler de cette grande peur qui se nouait en elle chaque fois qu'elle réalisait à quel point sa propre frustration pouvait facilement la faire ressembler instantanément à sa mère. Non pas que sa mère ait été horrible dans ce rôle. Elle ne les avait pas maltraitées, elle et sa sœur. Mais elle était toujours si distante, se contentant de faire ce qu'elle avait à faire et ne prenant jamais le temps de faire plus que préparer le dîner et laver le linge. Le fait d'être mère impliquait tellement plus de choses et un engagement émotionnel qu'elle n'avait jamais trouvé chez sa propre mère.

Pour essayer d'expliquer tout cela à Michael, elle aurait dû lui demander de quitter sa position confortable, d'où il pensait que tout allait bien, pour entrer dans son monde d'inquiétudes nébuleuses. Elle n'était pas sûre de pouvoir lui faire ça à nouveau.

La seule et unique fois où Michael avait été vraiment en colère contre elle, assez en colère pour crier, jurer et jeter des objets, c'était la dernière fois qu'elle lui avait parlé de sa douloureuse relation avec sa mère.

« Oublie ça, avait-il dit. Je suis désolé, mais les problèmes sont des choses réelles. Les mauvais traitements. L'alcoolisme. La négligence. La pauvreté. » Il avait marqué une pause, comme s'il se demandait s'il devait donner plus d'exemples, puis il avait soufflé. « Je suis désolé, Jenny. Mais le fait que ta mère ne t'ait pas parlé n'est pas si important. »

Avant qu'il ne puisse voir la douleur que ses paroles lui avaient infligée, ou les larmes qu'elle ne pouvait pas contrôler, elle s'était détournée.

Plus tard, elle avait réalisé qu'il s'était montré insensible. Enfin, peut-être un peu. Mais c'était vraiment un homme bien et elle ne pouvait pas lui en vouloir de ne pas *comprendre* les blessures de son enfance. Quelqu'un qui venait d'une grande famille turbulente qui vivait ensemble et s'aimait avec enthousiasme ne pouvait pas comprendre la solitude et le sentiment d'isolement qui avaient marqué son enfance.

Peut-être que ça aurait été différent si papa n'était pas mort, pensa Jenny. Peut-être que si maman n'avait pas été obligée d'élever deux filles toute seule, elle aurait pu ressembler davantage à Mme Corbett.

Jenny se secoua alors qu'une brise fraîche soufflait sur le porche et que la chair de poule se répandait sur ses bras nus. Elle pourrait passer une éternité à jouer au jeu des « et si ». Et une autre éternité à essayer de trouver le courage d'en reparler à Michael.

Elle jeta un coup d'œil à son profil qui dessinait une silhouette sombre contre la lueur pâle du lampadaire du coin. Le connaissant, il était probablement en train de se débattre avec un problème au travail. Il s'arrêterait et écouterait si elle le lui demandait. Allait-elle oser ?

« Tu sais, c'est drôle. » Jenny posa ses pieds nus sur le béton frais du porche et fit lentement osciller la balançoire d'avant en arrière. « Dernièrement, j'ai pensé... »

« Oh non, dit Michael avec un léger sourire. Attention, mesdames et messieurs, Jenny a encore pensé. »

« Sois sérieux. » Jenny fronça les sourcils, puis détourna le regard. Peut-être que ce serait plus facile si elle ne le regardait pas. « Ce à quoi je pensai, c'est à quel point la vie reste la même, même si les circonstances sont différentes.

— Je ne te suis pas.

— Tu sais. Ce qui arrive dans la vie des gens peut être différent, mais les gens restent des gens. Leurs réactions face aux expériences de la vie restent souvent les mêmes. » Jenny jeta un coup d'œil à Michael, mais un froncement de sourcils se dessina sur son visage. Elle soupira. « Je veux dire, prends par exemple ma mère et moi. Parfois, au beau milieu des enfants, des tracas et des responsabilités, je peux ressentir ce qu'elle a dû ressentir en tant que jeune mère élevant des enfants. Et même si c'est la même chose à un certain degré, c'est toujours différent.

— Ouais. On a plus d'enfants. »

Elle lui donna une tape. « Sois sérieux.

— OK, dit-il en passant une main sur sa nuque à elle. Je ne savais pas que tous ces problèmes d'enfance te contrariaient encore.

— J'essaie de ne pas y penser. » Elle haussa les épaules. « Mais parfois, je ne peux pas m'en empêcher.

— Est-ce que le fait d'y penser t'aide ? Est-ce que ça change quelque chose ? » Son ton n'était pas accusateur, mais Jenny dut réprimer une vague de ressentiment.

« Ça pourrait m'aider à comprendre. Pour pouvoir sauver certaines choses avant qu'il ne soit trop tard. »

Avant qu'elle ne puisse en dire plus, la porte d'entrée s'ouvrit brutalement.

« Maman, téléphone », annonça Danny, six ans, d'une voix qu'il réservait à ce qu'il appelait les situations « où il était un grand garçon ».

« OK. » Jenny se leva, donna une légère tape sur l'épaule de Michael et suivit son fils dans la maison.

Après avoir renvoyé Danny au lit, elle décrocha le combiné du téléphone, anticipant ce qu'elle allait dire à la personne qui avait choisi un moment aussi inopportun pour lui vendre des magazines. « Allô.

— Oh Jenny ! Je suis si contente que tu sois chez toi. » La voix grésillait, du fait des parasites sur la ligne qui la transportait sur des centaines de kilomètres, mais Jenny reconnaissait toujours sa sœur. Son cœur se mit à battre à toute vitesse lorsqu'elle perçut la note caractéristique de l'hystérie qui montait. « Cheryl. Qu'est-ce qu'il y a ?

— C'est maman. Elle a eu une crise cardiaque.

— Mon Dieu ! Quoi ? Comment va-t-elle ?

— Elle est en vie. On l'a emmenée à l'hôpital à temps. Le docteur est avec elle en ce moment. » La voix de Cheryl était étranglée par l'émotion. « Oh Jenny. J'ai tellement peur. Tu peux rentrer à la maison ? J'ai besoin de toi. »

Ces mots plongèrent Jenny dans un silence momentané. Elle ne savait pas si c'était à cause de la nouvelle ou de l'urgence qu'elle entendait dans la voix de sa grande sœur. C'était la première fois que Jenny entendait sa sœur dire qu'elle avait besoin d'elle. Cela avait toujours été l'inverse. « Ouah, Cheryl ! Calme-toi. Bien sûr, je vais venir. Mais je ne pourrai peut-être pas y être avant demain. Ça ira d'ici là ?

— Oui. Appelle Greg et dis-lui quel vol tu prends. On ira te chercher, lui ou moi.

— OK. Je ne suis pas certaine de vouloir raccrocher, mais je ne sais pas quoi dire.

— Ne dis rien. Viens juste. »

Soudain, la ligne fut coupée et Jenny reposa lentement le combiné. *Oh, Michael, qu'est-ce que je vais faire ?*

Elle se retourna et il était là.

« C'est maman, dit Jenny, la voix étouffée par le torse de Michael, ses larmes mouillant sa chemise.

— Je m'en doutais. » Michael passa une main dans ses cheveux pour l'apaiser.

Ils restèrent ainsi un long moment, puis elle s'écarta. « Je suis désolée. Je ne pensais pas que je m'effondrerais comme ça.

— Ce n'est pas grave. » Michael fit glisser son doigt le long de sa joue, là où une larme venait de couler. « Va à New York. Je m'occuperai de tout ici. »

Le lendemain, en début d'après-midi, Jenny prenait un avion en direction du nord. S'installant dans son siège, elle ferma les yeux, espérant pouvoir faire un somme. Elle n'avait pas dormi la nuit précédente et l'épuisement la submergeait par vagues énormes. Si seulement elle pouvait cesser de s'inquiéter. Cesser de penser.

Les souvenirs de sa mère l'avaient conduite dans des zones inexplorées, récemment. Un instant, elle voyait sa mère comme une coquille fermée qui n'avait rien à offrir à une enfant effrayée et confuse, à qui son père manquait et qui se demandait où il était parti. Jenny, l'enfant, entrait dans la cuisine de son passé. « Maman ?

— Pas maintenant, Jenny. Tu ne vois pas que je suis occupée. J'ai travaillé toute la journée. Je suis épuisée, et je dois encore préparer le dîner. Va aider ta sœur à mettre la table. »

Puis, au milieu de cette impression de déjà-vu, Jenny devenait la mère et repoussait ses propres enfants. Elle pleurait et leur disait de partir avant qu'ils ne lui prennent tout.

Réalisant qu'elle n'allait pas pouvoir dormir, Jenny se saisit du magazine qui se trouvait dans la pochette du siège devant elle et se mit à le feuilleter. Tout valait mieux que de laisser son esprit poursuivre sur ce chemin tortueux, même des publicités pour des produits de beauté qu'elle n'utiliserait jamais.

Lorsque l'avion de Jenny atterrit à LaGuardia, Cheryl l'attendait à la porte des arrivées pour l'accueillir et les deux sœurs s'étreignirent maladroitement. Cela faisait longtemps. Presque cinq ans.

« Comment était ton vol ? » demanda Cheryl alors qu'elles

se frayaient un chemin dans la foule qui s'agitait dans l'aéroport.

« Ça allait. » Jenny aurait voulu qu'elles soient le genre de sœurs à pouvoir bavarder sur son voyage. Peut-être rire du gars qui lui a fait des avances dans l'avion. Mais ce type de conversation ne leur était pas naturel. Elles n'avaient jamais partagé grand-chose. Parfois, sa sœur, qui avait trois ans de plus, avait semblé aussi distante et inaccessible que leur mère.

« Comment va maman ? demanda Jenny.

— Elle tient le coup. Le docteur a dit que les prochains jours sont cruciaux. »

Jenny hocha la tête et fouilla dans son sac à main pour trouver les tickets de ses bagages. « OK. On prend mes bagages et on va à l'hôpital. »

Cheryl prit les choses en main avec une efficacité de grande sœur dont Jenny se souvenait bien, et elles s'installèrent rapidement dans le vieux break de Cheryl, avec sa valise à l'arrière et un gobelet McDonald's abandonné sur le plancher du côté passager. « Désolée pour le désordre, dit Cheryl en attrapant le gobelet en question et en le jetant par-dessus son épaule sur la banquette arrière. Avec tout ce qui s'est passé…

— Pas de souci, dit Jenny. Ce n'est pas comme si je n'avais jamais vu ça dans ma voiture. »

Cheryl lui fit un sourire en coin et s'éloigna du trottoir.

Alors que la voiture rejoignait le flot de la circulation sur Grand Central Parkway, un silence s'installa entre les deux sœurs, mais ce n'était pas un silence confortable. Jenny regardait les panneaux d'affichage et les bâtiments défiler et essayait de trouver quelque chose, n'importe quoi, à dire. Ça n'avait pas toujours été comme ça. Ces silences longs et pénibles. Il y avait eu un temps, il y a longtemps, où elles se parlaient. Quand elles riaient ensemble de petites choses insensées. Elles riaient toutes. Même sa mère. Mais c'était avant...

Même si Jenny n'avait que cinq ans lorsque son père est mort, elle se souvenait encore de ce qu'avait été leur vie avant ce jour fatidique. Et elle se souvenait encore du changement brutal qui s'était produit quasiment au moment même où elles avaient reçu la nouvelle. La gaieté et les rires avaient disparu. Ils ne s'étaient pas évanouis comme la fin d'un disque qui s'estompait lentement. Ils s'étaient simplement arrêtés net, laissant un grand silence et un vide dans la maison et au fond de son âme.

Les années suivantes s'étaient transformées en une suite sans fin de jours reliés par le travail, les soucis et encore plus de travail pour sa mère, et Jenny s'était mise à dériver et à chanceler. Tant de choses dans cette nouvelle façon de vivre avaient semblé irréelles pour son esprit d'enfant.

Pendant toutes ces années, en grandissant, la seule chose qu'elle avait toujours voulue, c'était de pouvoir parler à sa mère de sa confusion. De la solitude. De la tristesse. Mais il semblait qu'il n'y avait jamais de temps pour parler.

Aujourd'hui, malgré tous les efforts de Jenny pour l'ignorer, il y avait toujours cette petite fille effrayée en elle qui cherchait le réconfort dans le bras de sa mère lorsqu'elle s'endormait en pleurant.

« Nous y sommes. » La voix de Cheryl la tira de sa rêverie. Jenny regarda à travers le pare-brise et vit le panneau de l'hôpital du mont Sinaï.

« Oh, dit Jenny. C'était rapide.

— Pas tant que ça. » Cheryl lui fit un sourire en coin. « Tu t'es perdue dans tes pensées pendant la dernière demi-heure.

— Désolé.

— Pas de soucis. » Cheryl entra dans le parking, trouva une place libre et arrêta le moteur. « Prête ? »

Jenny eut un sourire triste. « Est-ce qu'on est jamais prêt ? »

Cheryl haussa les épaules. « J'ai peur que ce soit un peu trop pour moi en ce moment.

— Ce n'est pas grave. C'était plus une question rhétorique. »

En entrant dans le box des soins intensifs où sa mère était allongée sur un lit d'hôpital surélevé, le choc initial de Jenny laissa rapidement la place à une vague de crainte et d'appréhension. Sa mère semblait si petite. Si frêle. Et tous ces tubes et ces fils dans ses bras et son nez, attachés à sa poitrine. C'est presque obscène. Jenny était au bord des larmes alors qu'elle cherchait des signes de vie sur le visage livide. « Tu es sûre qu'elle va bien ? » demande-t-elle à Cheryl dans un léger murmure.

« Oui. On lui a donné pas mal de sédatifs. Alors, elle va dormir la plupart du temps. Mais son rythme cardiaque est quasiment normal. Le docteur a dit qu'elle est plus forte que la plupart de ses patients. »

Oui. Elle a toujours été forte, songea Jenny. Tout le monde ne le disait-il pas ? « Cette Mme Tucker. Elle est si courageuse. Elle est si forte. Et elle a fait un si bon travail en élevant ces deux filles toute seule. »

La brusque amertume qui accompagnait cette pensée fit que Jenny se demanda si elle n'était pas au milieu d'une sorte de jeu de ping-pong émotionnel où elle jouait des deux côtés de la table. C'était comme si toute sa vie, passée et présente, avait été mélangée et qu'elle ne savait pas quelle émotion allait surgir ensuite.

Pourtant, elle n'avait pas le droit de juger la vie de sa mère.

L'avait-elle fait ?

« Viens. » Cheryl posa sa main sur l'épaule de Jenny, la poussant vers la porte. « Allons dans la salle d'attente. L'infirmière nous appellera s'il y a du changement. »

Le passage du temps devint flou dans l'esprit de Jenny. Combien de jours cela faisait-il déjà ? Trois jours ? Quatre ? Et elle n'arrivait pas à se souvenir de ce qu'elle avait dit à sa sœur ou à son beau-frère lorsqu'ils s'étaient assis ensemble dans la salle d'attente. Ou ce qu'ils avaient fait quand ils n'étaient pas assis au chevet de la malade. Ou quand elle avait dormi pour la dernière fois. Ses jours et ses nuits étaient tourmentés par cette terrible peur que sa mère puisse mourir. Il serait alors trop tard pour elles deux. Trop tard pour une quelconque réconciliation. L'attente faisait des ravages chez Cheryl aussi. Jenny pouvait le voir à la sinistre mâchoire de sa sœur et aux traits tendus par l'inquiétude autour de ses yeux.

Souhaitant pouvoir faire quelque chose, Jenny regarda sa sœur feuilleter un magazine puis le déposer sur la table en face du canapé où elle était assise. Elles pourraient peut-être parler. Elle se leva de sa chaise et alla s'installer sur le petit canapé. « Cheryl, je...

— Ne me touche pas ! » La véhémence dans la voix de Cheryl frappa Jenny avec la force d'un bélier.

« Je... je ne comprends pas. Qu'est-ce qui ne va pas ?

— Si elle est là, c'est en partie à cause de toi.

— Attendez une minute !

— Non. Il est temps que tu entendes ça. Tu ne te rends pas compte à quel point ça l'a bouleversée quand tu as déménagé. C'était comme si tu nous rayais de ta vie. Elle n'a plus jamais été la même depuis. » Cheryl fit une pause. « J'ai été idiote de penser que les choses seraient différentes maintenant. »

L'esprit de Jenny était agité par la confusion et elle s'empara de la première pensée claire qui lui venait. « Est-ce que l'accusée peut au moins avoir une chance de se défendre ? »

Cheryl lui lança un regard noir. « Ça n'est pas un procès.

— Alors pourquoi j'ai l'impression que c'en est un ? »

Cheryl mit un long moment avant de répondre et Jenny sentit la colère monter. Comment osait-elle ?

« Peut-être que je n'aurais pas dû...

— C'est vrai, tu n'aurais pas dû. » Jenny luttait pour ne pas se mettre à crier. « Tu n'as jamais pensé qu'elle y était pour quelque chose aussi ? C'est elle qui m'a repoussée pendant toutes ces années. Elle ne voulait pas parler de papa. Ou de ce qu'on ressentait toutes. Elle gardait ses émotions à l'intérieur et nous à l'extérieur.

— Jenny, c'était il y a longtemps. Ça n'a plus d'importance.

— Mais si ! Tu ne vois pas ? C'est pour ça que j'ai déménagé. C'est pour ça que j'ai toujours mal à l'intérieur chaque fois que je pense à notre enfance. »

Même Jenny fut surprise par l'amertume dans sa voix et les deux sœurs se regardèrent simplement alors que les mots restaient suspendus entre elles, comme les dernières notes d'une chanson qui se termine et sombre dans le silence.

Finalement, Cheryl tendit la main pour toucher celle de Jenny, mais Jenny la retira et détourna le regard.

Après un autre moment assez long, Cheryl reprit doucement la parole. « Je suis désolée. Je n'aurais pas dû m'en prendre à toi. »

Jenny haussa les épaules.

« S'il te plaît, on peut juste parler ?

— Qu'y a-t-il à dire ? Apparemment, tu ne ressens pas la même chose que moi à propos de tout ce bourbier.

— Mon Dieu, Jenny ! On a grandi ensemble. Tu te souviens ? On a vécu les mêmes choses. Tu ne crois pas que ça m'a affectée aussi ? Mais il y a eu un moment où j'ai dû faire le ménage dans tout ça.

— Ce n'est pas aussi simple que de ranger les vêtements de l'année dernière.

— Je sais. Je n'ai pas dit que c'était simple. J'ai juste dit que je l'avais fait. »

La douceur dans la voix de Cheryl fit tomber les dernières défenses de Jenny. Les larmes commencèrent à s'échapper de ses yeux sans qu'elle y prenne garde et à couler en un flot chaud sur son visage. « Comment ? demande-t-elle. Comment as-tu surmonté tout ça ? »

Cheryl tendit timidement sa main et cette fois, Jenny ne retira par la sienne. « Je ne peux pas te dire comment faire taire tes démons, dit Cheryl. C'est quelque chose que tu dois faire par toi-même. Ou sur le long terme, avec un thérapeute. »

Jenny leva les yeux au ciel, surprise. « C'est ce que tu as fait ? Tu as vu un thérapeute ? »

Cheryl hocha la tête. « Pendant environ un an. Juste après ton départ.

— Pourquoi tu ne m'as jamais rien dit ?

— On n'a pas vraiment beaucoup parlé, tu te souviens ? »

Jenny sourit légèrement. « Mais si... si... » Jenny agita vaguement une main en direction de la chambre de leur mère. « Et si nous n'avions plus le temps ? »

Cheryl soutint son regard pendant un long moment, puis dit : « Tu peux peut-être commencer aujourd'hui à lui pardonner.

— Et c'est tout ? Il suffit de lui pardonner et toute la douleur s'en va ? »

Cheryl haussa les épaules. « Peut-être que tu dois aussi te pardonner à toi-même.

— Quoi ? » Encore une fois, le volume de sa voix menaçait d'être trop fort pour une salle d'attente d'hôpital.

« Ne te fâche pas. Réfléchis juste une minute. Tu as gardé tes jugements sur maman pendant des années. Peut-être qu'une partie de la guérison consiste à oublier tout ça. Puis à te pardonner de t'être accrochée à cette négativité pendant si longtemps. Ça a été ton jouet préféré depuis aussi longtemps que je m'en souvienne. »

Jenny ouvrit la bouche pour répondre avec colère, mais elle serra les lèvres. Peut-être que Cheryl avait raison. Ça n'était pas un argument agréable aux oreilles de Jenny, mais peut-être que c'était un argument valable. Elle ravala sa salive, puis se leva. « Je vais voir maman.

— OK. Je vais rentrer à la maison. Je te verrai demain matin. »

Jenny hocha la tête, puis se retourna pour longer le couloir sombre, le faible murmure des voix dans la salle des infirmières attirant à peine son attention en passant. Elle entra dans l'obscurité de la chambre de sa mère, juste éclairée par l'écran bleu du moniteur. En arrière-plan, elle entend le tic-tac régulier du moniteur et le faible murmure du souffle qui entrait et sortait du corps de sa mère. Elle se dirigea vers le lit et resta là, étudiant le motif complexe des rides que les années avaient gravées sur le visage de sa mère. Au repos, c'était le visage d'une étrangère et Jenny ressentait le besoin de mémoriser chaque ride, comme si elles donnaient une signification à tout ce qui les séparait. Peut-être que c'était le cas, et peut-être qu'elle pouvait tout effacer d'un simple geste de la main.

Un changement soudain et anormal dans la respiration de sa mère déclencha une alarme et elle retira sa main. *Mon Dieu ! Pas maintenant !*

La porte s'ouvrit brusquement sur une infirmière qui alluma les plafonniers et se précipita vers le lit, apportant une certaine froideur dans la pièce avec son sérieux et son efficacité.

« Est-ce qu'elle va bien ? » demanda Jenny.

Occupée à vérifier les fils, les tubes et le moniteur, l'infirmière ne semblait pas se rendre compte de la présence de Jenny qui se balançait d'un pied sur l'autre en attendant une réponse. La peur était une grande bête qui tenaillait son estomac.

Enfin, alors que Jenny pensait qu'elle n'en pouvait plus, l'infirmière finit de vérifier les équipements complexes.

« Tout va bien, dit l'infirmière en jetant à peine un regard à Jenny en passant devant elle. C'était probablement une anomalie. Ses signes vitaux sont bons maintenant.

— Oh... » Le mot mourut sur les lèvres de Jenny quand l'infirmière sortit et referma la porte.

Dans la confusion de peur et d'angoisse, Jenny reconnut aussi une légère colère. Elle s'approcha et éteignit les lumières, espérant que l'obscurité lui rendrait un peu de la paix qu'elle avait ressentie avant que l'alarme ne retentisse. Elle était en colère contre l'infirmière qui semblait ne pas se soucier du fait qu'il y avait une personne allongée sur le lit. Une femme. Une mère, qui méritait autre chose qu'une froide efficacité et qu'un environnement stérile pour mourir.

Ce dernier mot martelait l'esprit de Jenny.

C'était vrai. Sa mère pouvait mourir. Et la pire des indignités était que cela pouvait arriver alors qu'elle pensait toujours que Jenny était aussi insensible que l'infirmière. Des larmes chaudes coulèrent des yeux de Jenny et elle ressentit un grand déchirement dans sa poitrine, comme si une bête lui arrachait le cœur.

Elle prit la main de sa mère et toucha légèrement du bout des doigts la peau ridée qui ressemblait à du parchemin. Puis les larmes s'échappèrent et coulèrent librement sur ses joues pour retomber sur les mains entrelacées, l'une jeune et l'autre vieille.

« Oh Maman ! » Le cri resta suspendu dans la pièce comme

des couches vaporeuses de fumée. « Tu ne peux pas mourir, maman. Pas maintenant. J'ai... j'ai besoin de toi. Je... je t'aime. Je t'en prie ! S'il te plaît, pardonne-moi. »

Pendant un moment, Jenny retint sa respiration, se demandant même si sa mère avait pu entendre ses paroles. Puis elle crut sentir une légère pression sur ses doigts. Était-ce un signe de sa mère ou un simple réflexe ?

Ça lui faisait du bien de croire que c'était un signe. Et si sa mère vivait... Non. Quand sa mère s'en sortirait, avec quelques années de plus à vivre, Jenny répéterait ces mots.

OÙ EST PAPA ?

J'AI PRIS LA MAIN DE MON FILS ET J'AI AVANCÉ LENTEMENT VERS L'AVANT DU SALON FUNÉRAIRE. Il ne comprenait pas pourquoi nous étions là. Du moins, je ne pensais pas qu'il le comprenait. Combien de choses un enfant de cinq ans peut-il comprendre ? Il savait que j'étais bouleversée, comme la plupart des gens ici, les larmes coulant librement sur des joues de tous âges et les émotions profondément intenses faisant des étincelles dans l'atmosphère comme des lignes électriques coupées.

Les enfants captent les émotions qui envahissent une pièce.

Nous nous sommes arrêtés à la table recouverte de photos de Jim, nichées au milieu des vases de fleurs, un ensemble coloré d'œillets jaunes, de pois de senteur roses et de delphiniums bleus. J'ai fait cet arrangement moi-même, j'ai choisi les photos et les fleurs avec grand soin. Jim souriait dans chacun des cadres et les fleurs semblaient sourire aussi.

Il n'y avait pas de cercueil pour ce simple service commémoratif qui allait commencer dans un petit moment. Il n'y avait plus assez de Jim pour le mettre dans un cercueil. Peu de temps après que ces officiers se sont présentés à ma porte pour m'annoncer la nouvelle la plus dévastatrice de ma vie, un sac de sport contenant les effets de Jim m'a été remis. Je ne l'ai pas ouvert. Je ne voulais pas voir ce qu'il y avait dedans. Comme je ne voulais pas de sa plaque d'identité ou d'un quelconque souvenir de l'armée lors de cette cérémonie, alors j'ai tout rangé dans un placard. Derrière les costumes que Jim ne porterait plus jamais.

La colère grondait en moi alors que je me souvenais de ce jour horrible.

Bobby a tiré sur ma main, m'interrompant momentanément dans mes souvenirs. « Pourquoi papa n'est pas là ? »

J'ai ravalé ma salive. « Il ne peut pas être ici. Il est... parti. » J'avais du mal à faire passer les mots à travers ma gorge serrée. Chacun d'eux menaçait de m'étouffer.

« Parti où ? »

Oh, mon Dieu ! Comment puis-je dire à cet enfant que son père est en mille morceaux quelque part dans ce trou perdu où l'armée l'a envoyé ? J'ai pris une inspiration, puis j'ai essayé de lui faire un sourire réconfortant. « Chéri, je te l'ai dit. Papa est mort. Il est au paradis.

— Avec grand-maman ?

— Oui. Avec grand-maman. »

Bobby a regardé encore autour de lui. « Mais, on a vu grand-maman. Avant qu'elle aille au paradis. Dans une boîte. Où est la boîte de papa ? »

Au début, je ne voyais pas ce que Bobby voulait dire, puis j'ai compris. Il se souvenait de l'enterrement de ma mère. C'était il y a un an, et j'avais espéré que Bobby oublierait les détails. Mais ce n'était pas le cas.

Jim ne voulait pas que j'emmène Bobby au salon funéraire où ma mère était présentée. « Il n'a que quatre ans, avait dit Jim. Il n'a pas besoin de voir un cadavre. »

Jim ne comprenait pas ce besoin. Lorsque son grand-père est mort, Jim n'avait que trois ans et ses parents l'avaient jugé trop jeune pour aller à l'enterrement. Mais je savais, pour avoir conseillé des enfants et des adolescents, qu'ils avaient besoin des funérailles et des services commémoratifs. Tout ce qui pouvait leur donner une preuve concrète que l'être aimé n'avait pas simplement cessé de leur rendre visite pour une raison inconnue. La mort, sans tous les pièges des funérailles, du deuil, était tout simplement trop obscure.

Aujourd'hui, j'ai regardé mon garçon, maintenant âgé de cinq ans. Il avait si désespérément besoin de voir un cadavre. Pourtant, je ne pouvais pas lui dire l'horrible vérité. Pas aujourd'hui. Peut-être plus tard. Vingt ans plus tard. Ou peut-être pas du tout. Peut-être qu'il n'a pas besoin de cette image mentale dont je ne peux me débarrasser, quels que soient mes efforts.

Il y a plus d'une semaine, le commandant de la base est venu à ma porte pour me parler de Jim. De la bombe qui l'avait tué, lui et deux autres hommes dans le véhicule, en Irak. Je lui ai demandé quand son corps serait renvoyé aux États-Unis et il m'a regardée pendant un long moment avec une expression des plus tristes. Puis il a détourné le regard avant de dire : « Je suis désolé, madame Murphy. Le corps de votre mari… C'est… Il n'y a plus rien…

— Rien ? Comment peut-il n'y avoir rien ? »

Il m'a à nouveau regardée. « Faites-moi confiance. Vous ne voulez pas connaître les détails.

— Si, je veux ! Si, je veux ! » J'ai crié les mots encore et encore jusqu'à ce qu'il me le dise enfin et j'ai visualisé cette grande explosion de sang, de chair et d'os. Un être humain transformé en une espèce macabre de confettis, emportés par le vent pour être dispersés sur les rochers et la poussière.

C'est là que j'ai vomi sur les chaussures de l'officier.

Maintenant, j'avais encore envie de vomir et j'ai ravalé la bile qui brûlait dans ma gorge.

Helen s'est avancée et m'a touché le bras. « Je peux prendre Bobby pour un petit moment ? »

J'ai fait un sourire reconnaissant à ma belle-mère et j'ai passé la main rose et douce dans sa main rugueuse. « Grand-mère aimerait passer un peu de temps avec toi, ai-je dit à Bobby. Ça te va ? »

Bobby a hoché la tête, puis levé les yeux vers Helen. « On peut avoir des cookies ? J'en ai vu. » Il a fait un geste de sa main libre vers une porte située dans un coin reculé de la pièce. Elle menait à une autre petite pièce où des rafraîchissements étaient offerts par le salon funéraire et quelques-uns de mes amis qui pensaient que du chocolat serait nécessaire.

Beaucoup de chocolat.

Et du vin.

Beaucoup de vin.

J'ai regardé Helen emmener Bobby, puis j'ai jeté un coup d'œil dans la pièce, remarquant que Frank était assis seul. Pendant un moment, j'ai envisagé d'aller m'asseoir près de lui, mais quelque chose dans la façon rigide dont il tenait son corps m'a mise en garde. Mon beau-père était issu d'une longue lignée de gens de la campagne, vivant dans la ferme où le grand-père de Frank avait commencé à cultiver la terre et le maïs. Jim avait espéré revenir un jour dans la ferme où il avait grandi. Il voulait y élever son propre fils, mais cet espoir avait été mis en pièces aussi vite que son corps.

Il était évident que Frank était également brisé, mais il ne voulait pas être mis en pièces par ses émotions devant quelqu'un d'autre, pas même devant moi qu'il avait accueillie à bras ouverts dans la famille lors de notre première rencontre.

Dix jours se sont écoulés depuis que nous avons appris la nouvelle et les parents de Jim ont quitté l'Indiana en avion pour

Killeen, dans le Texas, où nous vivons dans des logements de l'armée. Pendant ces dix jours, Frank a peu parlé, mais ses yeux ne sont pas restés silencieux. La douleur qui se reflétait dans ce regard bleu profond, si semblable à celui de Jim, me poignardait si fort que j'avais parfois envie de fuir. D'autres fois, j'avais juste envie d'aller prendre ce cher homme dans mes bras. Helen, qui me connaissait bien et reconnaissait mes impulsions, secouait légèrement la tête lorsque nos regards se croisaient, alors j'adressais simplement un léger sourire à Frank et il hochait la tête en retour.

Quand j'ai regardé cet homme grand et fort aujourd'hui, j'ai espéré qu'il serait capable de laisser ses émotions s'exprimer quand Helen et lui étaient seuls. Sinon, si elles étaient contenues à l'intérieur pour toujours, elles s'envenimeraient et tourneraient au vinaigre, finissant par pourrir son cœur et son âme.

Je me suis retournée et me suis dirigée vers le fond de la salle, m'arrêtant fréquemment pour répondre aux accolades et aux condoléances. Craignant les émotions qui pourraient échapper à mon rigoureux contrôle, j'ai fait en sorte que ces contacts restent brefs, parfois sans même réaliser à qui je m'adressais.

Mon amie Sharla était assise seule sur le dernier banc et elle m'a offert un sourire timide lorsque je me suis approchée. Je me suis glissée à ses côtés et elle a tendu la main pour saisir la mienne fermement. « Tu tiens le coup ? m'a-t-elle demandé.

— Tout juste. »

Elle a serré ma main un peu plus fort pendant un moment, puis relâché la pression. « Tu vas y arriver. Tu es forte. »

Je n'ai pas ouvertement nié ses paroles, mais à l'intérieur, je hurlais. Je ne m'étais pas sentie forte depuis que Jim était parti pour sa dernière mission en Irak. J'ai fait semblant pour son bien. Je lui ai dit au revoir avec un sourire et en affirmant que tout irait bien pendant son absence. Mais la vérité, c'est qu'à chaque fois qu'il partait, je redevenais la personne anxieuse et craintive que j'étais avant de le rencontrer. La seule bouée de sauvetage, c'était qu'il reviendrait toujours et que tout s'arrangerait. Mais cette fois, il n'allait pas rentrer à la maison.

Rien n'allait s'arranger.

Une larme a glissé de mon œil, puis une autre, et une autre, jusqu'à ce qu'elles forment une rivière chaude le long de mes joues. Craignant que cette fissure dans le barrage n'entraîne un effondrement total du mur qui me protège du flot d'émotions qui pourrait m'engloutir, je me suis éloignée du réconfort de mon ami. « Je dois aller voir Bobby.

— Bien sûr, a dit Sharla. Je te rejoindrai plus tard. »

En me relevant du banc, j'ai mentalement remercié Dieu pour cette amitié. Sharla était aussi femme de soldat, elle savait donc, vraiment, ce qu'était la vie.

La façon dont nous étions toujours perchées au bord d'un précipice.

La façon dont la tragédie pouvait frapper à tout moment.

Dans les jours qui ont suivi ma tragédie, elle est passée plusieurs fois pour nous apporter des repas. Du poulet et des boulettes, des macaronis au fromage, des plats réconfortants que Sharla savait que j'aimais. Même si Bobby était encore aux prises avec la tension qui régnait dans la maison et qu'il essayait de comprendre que son père était mort, il n'avait pas eu beaucoup de mal à manger ce qu'on lui offrait. Je réussissais à peine à faire passer une bouchée par cette gorge à vif à cause de toutes les larmes que j'avais avalées.

L'entrepreneur de pompes funèbres avait pris des dispositions pour que l'aumônier d'un hôpital voisin vienne célébrer le service commémoratif. J'ai refusé l'offre de l'aumônier de la base. Je ne voulais pas d'une cérémonie militaire. Je ne voulais rien entendre sur le héros que Jim avait été. Mourir sur un champ de bataille n'était pas mon idée de l'héroïsme et je voulais que l'armée ne joue aucun rôle dans cette journée. Ce jour était pour Jim le mari, Jim le père. Pas pour Jim le soldat.

L'aumônier Dave était un homme aux cheveux gris avec une présence réconfortante, et il n'a même pas blêmi lorsque je lui ai dit que nous n'allions pas à l'église. Je ne lui ai pas dit que je n'étais pas sûre de Dieu à ce moment-là – cela l'aurait franchement fait pâlir. Je n'étais pas vraiment en colère contre Dieu. Je ne le blâmais pas pour ce qui était arrivé à Jim. J'étais juste spirituellement engourdie et je ne savais pas où se trouvait Dieu pour moi.

L'aumônier m'a parlé, ainsi qu'aux parents de Jim, pour avoir une idée de qui était Jim et a recueilli le tout pour un bel office. Du moins, c'est ce que mes amis m'ont dit plus tard. J'étais là et pourtant je n'y étais pas. Je n'arrivais pas à m'accrocher aux mots ou aux phrases qui avaient été prononcés en l'honneur de Jim. Elles semblaient s'envoler comme des volutes de fumée sortant de la bouche de l'aumônier.

Peu après que les mots de la dernière prière sont retombés dans un silence douloureux, les gens ont commencé à s'éloigner, me laissant finalement seule avec Sharla. Frank et Helen ont ramené Bobby à la maison.

« Tu es sûre de vouloir faire ça ? » Sharla a fait un geste vers l'installation des photos et des fleurs que j'allais démonter. « Je peux m'en occuper. Ou le directeur des pompes funèbres… »

Elle a laissé le reste de la phrase se perdre et je lui ai adressé un faible sourire. « Je sais. Je lui ai déjà dit de donner les fleurs aux gens de l'hôpital. Celui où travaille l'aumônier. Il a dit que les femmes du service d'oncologie les adoreraient. »

Sharla a hoché la tête. « Je peux toujours aider avec les photos. »

J'ai secoué la tête. « Rentre chez toi. Embrasse ton mari et sois reconnaissante de l'avoir encore. »

Sharla a de nouveau hoché la tête, au bord des larmes. « Je suis vraiment désolée.

— Je sais. » Les mots étaient doux, étouffés, et Sharla m'a enveloppée dans ses bras puissants. Nous sommes restés là un long moment, à nous serrer l'une contre l'autre. Puis elle s'est retirée. Elle m'a serré les épaules. Elle s'est retournée et est partie.

Je me suis assise sur le banc de devant de la petite chapelle et j'ai regardé toutes les photos de Jim. Même si je ne voulais rien de militaire à ce service, Jim avait passé trop d'années dans l'armée pour ne pas avoir une ou deux photos de lui en uniforme, mais j'ai fait glisser mon regard rapidement sur elles pour me concentrer longuement et délibérément sur les autres. Nous deux faisant les idiots lors de notre fête de fin d'études. Lui assis sur les marches de notre lycée. Venait-il de dire au revoir ? Je ne m'en souvenais pas. Il s'était engagé peu après, et nous avions été séparés pendant de trop longs mois.

J'étais en colère, mais je ne lui ai jamais dit. Il était si fier de servir son pays, je ne pouvais pas lui assener la gifle de ma colère. Et puis, il n'y avait vraiment pas de danger, n'est-ce pas ?

Puis vint l'Irak.

Essuyant les larmes qui coulaient sur mes joues, j'ai mis ces pensées de côté et regardé notre photo de mariage. J'avais choisi celle où l'on riait tout en donnant à l'autre une cuillerée du gâteau. Au fil des ans, nous avions beaucoup ri en célébrant les étapes et les événements importants. Dix ans à rire de tout et n'importe quoi.

Puis vint l'Irak.

La dernière photo, c'est celle où Jim tient Bobby dans ses bras le premier jour où nous avons ramené le bébé à la maison. Jim était si heureux d'avoir un enfant, un fils, que je me suis demandé si j'aurais un jour l'occasion de tenir notre enfant dans mes bras. Même s'il ne pouvait pas nourrir le bébé, Jim faisait tout le reste. Il n'avait pas peur de lui donner son bain et il n'hésitait pas à changer ses couches. Si Jim avait pu allaiter, il aurait probablement pris en charge l'alimentation aussi. Nous avons passé cinq glorieuses années à partager les tâches parentales lorsque Jim rentrait de son déploiement.

Puis vint l'Irak.

Tu ne peux pas continuer à revenir là-dessus, me suis-je dit. Peu importe à quel point tu es frustrée ou en colère, ça ne changera rien.

J'ai essuyé d'autres larmes et j'ai poussé un profond soupir. Le moment était venu.

À la maison, j'ai posé les photos sur le buffet du salon. Puis je suis allée dans ma chambre. Là, j'ai ramassé sur son bureau tous les souvenirs que Jim avait rassemblés à l'occasion des voyages dans d'autres pays qu'il avait faits durant son service et je les ai rangés dans une boîte. Cette boîte est allée dans mon placard. Elle a été rangée sur l'étagère du haut, là où j'avais mis les affaires que l'officier m'avait données.

Un jour, je ressortirais ces boîtes. Je les ouvrirais et je montrerais tout à Bobby. Je dirais à Bobby ce qui est vraiment arrivé à son père. Mais pas aujourd'hui. Pas un jour prochain. Laissons-le être un enfant un peu plus longtemps, sans se rendre compte que son père était mort en vain.

C'était le pire de tout.

EN FRANCHISSANT LE SEUIL

(PUBLIÉ POUR LA PREMIÈRE FOIS DANS L'ANTHOLOGIE THE CORNER CAFÉ.)

FRANK POUSSA LA PORTE, s'attendant à entrer dans sa taverne préférée. Il s'arrêta juste à l'entrée et chercha le bar. Le barman. Les dockers qui s'installaient toujours au bout du bar et qui défiaient quiconque d'essayer de prendre un de leurs sièges. Il cherchait un homme, une femme et un verre, pas nécessairement dans cet ordre. Une petite chose beaucoup trop joyeuse vola vers lui comme une espèce d'oiseau. En fait, elle aurait pu être un canari avec sa chemise jaune vif. Elle portait un pantalon court qui laissait ses gambettes à la vue de tous. Non pas qu'elles soient laides, plutôt longues et fines, mais pourquoi montrer ses jambes si on ne montre pas ses seins ?

« Bienvenue au Café du Coin, dit la petite chose étincelante. Que puis-je vous servir ? Un moka ? Un café au lait ? Un espresso ? »

Frank enleva son chapeau – un gentleman fait toujours ça en présence d'une dame, même si elle est aussi ennuyeuse que celle-ci. « Je ne comprends pas ce que tu dis là, ma fille. Où est Mickey ?

« Mickey Mouse ? »

Frank secoua la tête, espérant que ça pourrait rembobiner le film qui se déroulait derrière ses yeux. « Écoutez, ma petite dame, arrêtez de tourner autour du pot. Qu'est-il arrivé à l'Abreuvoir ? Et où est Mickey, le propriétaire ?

— Je suis désolée, monsieur. Jamais entendu parler de ce bar. Peut-être que vous vous êtes trompé d'endroit ?

— Écoutez. Je viens ici tous les soirs depuis des années. Je pourrais y aller même en dormant.

— C'est peut-être ça ton problème, dit un homme à l'une des tables voisines. Peut-être que tu devrais te réveiller. »

Frank posa sa main sur la crosse de l'arme qu'il avait dans l'étui sous son manteau et lança à l'homme un regard d'acier. « Ne faites pas le malin avec moi. Vous savez à qui vous parlez ?

— Ouais, à un bouffon qui sort d'une fête costumée. Tu t'es déguisé en quoi ? Sam Spade ? »

Frank s'avança d'un pas vers l'homme. Il allait lui apprendre à se moquer de Frank Perelli. La fille posa une main sur son bras pour le retenir. « S'il vous plaît, monsieur, on ne veut pas d'ennuis. »

Frank s'arrêta, prit une inspiration pour réfréner son envie de frapper le type, et jeta un autre regard attentif aux personnes assises aux tables dispersées dans la pièce. Pas un seul trench-coat, pas un seul costume de zazou en vue. Ces gens portaient les vêtements les plus étranges. Certains hommes portaient des pantalons courts qui ressemblaient à des pantalons de golf, mais quel homme adulte porterait ça ? Et beaucoup d'entre eux portaient ce qui ressemblait à des maillots de corps. Frank regarda de plus près l'homme qui l'avait grossièrement interpellé. Son maillot de corps était rouge et il y avait une inscription dessus. Metallica ?

C'était quoi un Metallica ? Frank se retourna vers la fille. « Qui sont tous ces gens à l'air bizarre ?

— Eux ? » La fille suivit son geste. « Eh bien, ce sont

quelques-uns de nos habitués. Ils viennent tous les jours prendre un café. »

Un café ? Frank jeta un coup d'œil à l'endroit où se trouvait le bar avec le grand miroir sous le tableau de nu. Il y avait une sorte de menu affiché, tout était noté dans l'écriture fleurie que sa tante restée vieille fille utilisait pour écrire ses lettres. Il fit un autre tour de la pièce. *C'est fou.* « Pourquoi ces gens sont-ils habillés comme ça ? Je n'ai pas vu autant de peau depuis que j'ai fait une descente dans ce sex-shop. »

— Vous êtes flic ? demanda la fille.

— Non. Limier

— Pardon ? Limier ?

Elle lui jeta un regard amusé et continua de le regarder, les sourcils froncés. Il continua de la regarder, en se demandant ce qui se passait ici. C'était une petite chose mignonne, des yeux bleus étincelants, des cheveux dorés qui brillaient à la lumière ; ce froncement de sourcils était la seule chose qui entachait une peau impeccable. Aucun signe d'antennes bizarres. « Vous venez d'une autre planète pour ne pas savoir ce que c'est ?

— Non, monsieur. Je suis d'ici. Je suis née et j'ai grandi à Chicago. Et je n'ai aucune idée de ce dont vous parlez. »

Frank sortit son portefeuille et lui montra sa carte professionnelle. « Je suis détective privé. »

« Oh, détective privé. » Un sourire remplaça son froncement de sourcils. « Vous êtes sur une affaire ? Je peux vous aider ? J'ai toujours voulu être détective privé. Ça semble si… vous savez… dramatique… excitant… aventureux.

— C'est un travail, ma fille. C'est aussi simple que ça. On bat le pavé pour essayer de retrouver un petit malin ou quiconque d'autre.

— Vous êtes sur la piste de quelqu'un maintenant ?

— Oui. Paul Ricca. On l'appelle le Serveur. J'ai entendu dire qu'il allait rencontrer Johnny Roselli pour faire des affaires. Ils étendent leur business de racket d'Hollywood à Chicago. Ça ne doit pas arriver.

– Notre serveur s'appelle Todd et je n'ai jamais entendu parler d'un Johnny Roselli. » La fille releva sa hanche. « C'est un café tranquille. Donc, vous feriez mieux de vous en aller avec vos absurdités. »

Frank jeta un dernier coup d'œil et haussa les épaules. Et puis merde. Il n'allait nulle part avec cet endroit. Peut-être que s'il sortait et rentrait à nouveau, il serait au bon endroit. Il salua la fille en tirant son chapeau et se tourna vers la porte.

La fille fit signe à un homme à une table du fond. Il sortit un téléphone portable et passé un coup de fil.

Dehors, Frank s'arrêta, sortit une Lucky Strike et craqua une allumette. La flamme avait à peine touché le bout de sa cigarette qu'il sentit un mouvement brusque derrière lui. Il se retourna, mais pas à temps pour voir ce qui le frappait. Il tomba sur le trottoir, la cigarette glissant d'entre ses lèvres et roulant sur la chaussée en laissant derrière elle une traînée d'étincelles. Il ne pouvait pas dire si l'obscurité, c'était le ciel nocturne dépourvu d'étoiles ou l'inconscience qui l'envahissait.

Sa dernière pensée fut : *Ces satanés types d'Hollywood ! Jusqu'où iront-ils pour attraper un gars ?*

AU-DELÀ DE LA FISSURE DU TROTTOIR

Au-delà de la fissure du trottoir et du poteau téléphonique arc-en-ciel du fait des couleurs des nombreux prospectus, et de l'herbe brune et sèche, se trouvait un mur de béton de trois mètres de haut, recouvert de dizaines de couches de peinture, des rouges saignant sous des bleus avec des bandes de jaune qui ajoutaient des reflets comme des rayons de soleil. Un petit sanctuaire se trouvait au pied du mur ; des bougies consumées étaient renversées au milieu de grappes de fleurs fanées marron et de quelques ours en peluche en lambeaux. Un graffiti recouvrait le mur, des lettres rouges sur un fond doré : Réjouis-toi !

Du bout des doigts, Hannah retraça les lettres. Réjouis-toi ? Qu'y avait-il de réjouissant ? On devrait être heureux que Carlos soit parti ? Heureux qu'il soit au paradis ? C'est ce que le prêtre avait dit à l'enterrement. Hannah avait été choquée. Elle ne pouvait certainement pas être heureuse que Carlos soit au paradis. Seul son amour pour lui l'avait empêchée de sortir en courant de l'église Saint-Vincent le jour où son corps et son âme étaient censés reposer en paix. Est-ce que les âmes trouvaient vraiment le repos ? La paix ?

Certaines personnes pensent qu'on ne peut pas tomber amoureux en un jour, mais Hannah croyait que c'était possible. Elle savait que Carlos existait depuis longtemps, mais elle ne l'avait aimé qu'un jour. Il l'avait abordée pour la première fois il y a un peu plus d'un an, alors qu'elle essayait de récupérer de la nourriture dans une benne à ordures, derrière le restaurant mexicain de Main Street. Elle était petite. Il était grand et ça avait été facile pour lui de tendre la main pour récupérer le dernier sac poubelle qui pouvait contenir quelques chips qui n'étaient pas devenues caoutchouteuses à cause de la sauce renversée. Des chips qui croustillent encore sont toujours meilleures que des restes d'enchiladas froides et détrempées.

« Tiens. » Il lui avait donné un sac en papier taché de graisse. « On dirait que tu as besoin de ça. »

Sans répondre, elle avait pris le sac et s'était enfuie. Son amie Angie avait mis Hannah en garde contre les hommes qui essayaient de profiter des filles sans-abri. Ces hommes qui pouvaient se montrer si amicaux, si charmants et si gentils afin de les préparer au sexe et à la prostitution. Donc, même si cette personne – ce garçon qu'on pouvait difficilement appeler un homme – n'avait pas l'air dangereuse, Hannah ne voulait prendre aucun risque. Quelques jours après, le garçon avait disparu. Elle ne sut jamais son nom. Après plusieurs mois sans le voir au refuge de Saint-Vincent ou n'importe où dans les rues où les enfants sans-abri se rassemblaient dans l'espoir de récolter un peu d'aide, elle pensa qu'il avait déménagé dans une autre ville.

Puis un jour, il revint.

Elle était assise sur la pente rocheuse qui menait à un petit ruisseau. Au-dessus passait le viaduc de l'autoroute menant à Pine Tree, Missouri. Elle restait à bonne distance d'un autre groupe de jeunes. Elle ne les connaissait pas et il valait mieux les ignorer, surtout quand l'alcool ou la drogue les rendaient réellement dangereux pour une personne seule. Elle entendit certains d'entre eux crier et elle se retourna pour voir le garçon s'approcher des autres. « Hey, Carlos ! l'appela un adolescent costaud. Ça gaze ? »

Hannah le regarda taper dans quelques mains et pensa que le nom à consonance espagnole lui convenait bien.

Carlos, qui n'était pas encore un homme, était grand et musclé, et il avait des yeux d'ébène et des cheveux de la même couleur. Après une année entière, elle n'avait jamais oublié ces yeux sombres et profonds. Finalement, il s'était approché d'elle. Elle vit une lueur blanche quand il lui offrit un sourire. « Je peux avoir un morceau de terrain ? »

Pas tout à fait prête à faire confiance à ce garçon aux dents blanches parfaites et aux joues lisses d'une belle teinte de terre brûlée, elle hocha la tête, mais ne dit rien. Elle resserra sa veste en jean tachée autour d'elle, en partie pour se protéger de la fraîcheur de l'automne et en partie pour créer une barrière entre elle et quelqu'un qui l'effrayait et l'intriguait à la fois. La plupart des enfants qu'elle avait rencontrés depuis qu'elle était arrivée de Saint Louis il y a deux ans n'avaient pas de bonnes dents. En fait, ils n'avaient probablement jamais mis les pieds chez un dentiste durant leur courte et misérable vie. Alors comment un gars qui avait un sourire si parfait avait-il pu atterrir ici ? Il s'accroupit à côté d'elle et sortit un sac brun taché de graisse d'une poche de son blouson déchiré. « J'ai trouvé plus de chips. » Il lui tendit le sac.

Il s'en était souvenu. Après tout ce temps, il s'en était souvenu, mais cette fois, elle n'avait pas accepté le cadeau. Aujourd'hui, elle n'était pas affamée. Elle avait juste faim. Quand on a juste faim, on peut refuser la nourriture d'un étranger.

Carlos ne semblait pas s'en soucier. Il n'était pas parti non plus. S'installant dans une position plus confortable, il ouvrit le sac et commença à grignoter les chips. « Je m'appelle Carlos. Je suppose que tu as entendu. » Il fit un geste en direction des garçons qui l'avaient appelé par son nom. « Je me souviens de toi, c'était il y a longtemps. Un an, peut-être ? J'ai dû partir. Je viens de revenir ici. »

Des phrases courtes et simples qui piquèrent la curiosité d'Hannah. Où était-il allé, et pourquoi était-il revenu ? Comme s'ils avaient une vraie conversation et qu'elle avait répondu à voix haute, Carlos lui fournit ces informations. « Ma famille est… disons, difficile. Mais je pensais que je pouvais les gérer. Ma mère, euh… me crie dessus tout le temps. Papa nous ignore, elle et moi. Donc, j'y suis retourné pendant un moment. Mais c'était encore pire. Ça ne me plaisait pas du tout de partir encore une fois, mais je n'arrivais plus à supporter ça. On dit que le stress n'est pas bon pour la santé, non ? »

Il lui offrit un sourire, mais elle ne le lui rendit pas. Une explosion de colère la surprit. Elle ne devrait pas juger. Les histoires de chacun sont différentes, mais vraiment ? S'enfuir parce que sa mère criait et que son père l'ignorait ?

Mon Dieu, il aurait dû être ravi d'être ignoré.

Hannah aurait été ravie d'être ignorée.

Carlos lui tendit à nouveau le sac et elle plongea sa main dedans pour attraper quelques chips. « C'est quoi ton histoire ? » lui demanda-t-il.

Elle le regarda en réfléchissant, puis secoua la tête.

« Tu ne veux pas parler, hein ? Ça me va. »

Ils restèrent assis pendant un moment, les rires du groupe d'enfants qui se trouvait à proximité se faisant parfois bruyants et tapageurs, puis plus doux, comme la marée qui monte et qui descend. La vague de colère d'Hannah s'était également calmée et la tension du silence entre elle et Carlos s'était relâchée. Elle leva les yeux vers son visage pendant un instant, puis détourna rapidement les yeux. Devait-elle parler à ce type ? Une partie d'elle le voulait. Pour qu'il voie vraiment ce qui était suffisamment horrible pour jeter quelqu'un dans la rue. Pourtant, elle hésita. Voulait-il vraiment savoir ce qui l'avait amenée dans cette petite ville au milieu de nulle part ?

Peut-être que oui, mais elle n'était pas sûre de vouloir le lui dire.

La dernière personne à qui elle s'était confiée, le conseiller scolaire, ne l'avait pas crue quand elle lui avait raconté ce que faisait son beau-père. Il lui avait fallu des mois d'agonie pour trouver le courage d'aller le voir et il s'était retourné contre elle. Il avait appelé ses parents. Bien sûr, Allen, avec son sourire, son charme et son innocence feinte, avait menti sur le fait qu'il l'avait touchée, violée.

Mon Dieu, même dans sa tête, Hannah détestait dire ces mots. Elle détestait penser à Allen. Ou à la scène plus tard chez elle, où sa mère avait fait pleuvoir une rafale de mots si blessants qu'ils clouèrent Hannah sur place pendant plusieurs minutes. Sa mère croyait vraiment qu'Hannah l'avait poussé à bout. Quel horrible cliché ! Si Hannah n'avait pas été aussi abasourdie, elle aurait pu en rire.

« Tu es une garce sans cervelle. » Hannah avait lancé les mots à sa mère comme des fléchettes avant de se retourner et de courir vers sa chambre, en claquant et en verrouillant la porte. Elle était restée là pendant des heures. Sans sortir et sans ouvrir, même quand Allen avait tambouriné en criant pour qu'elle sorte. Le bois avait craqué sous ses poings lourds et elle avait retenu sa respiration, espérant qu'il ne défoncerait pas la porte.

Elle avait tenu. La serrure aussi.

Elle était restée blottie sur son lit jusqu'à ce qu'elle soit sûre que sa mère et Allen dorment. Puis elle avait glissé quelques chemises et quelques sous-vêtements dans son sac à dos, ramassant son ours en peluche au dernier moment, avait pris de l'argent et quelques affaires, et avait filé.

Le ticket de bus pour Saint Louis coûtait vingt-cinq dollars. Vingt-cinq des deux cents dollars qu'Hannah avait économisés pour une nouvelle tablette, plus les cinquante que son amie Angie lui avait donnés.

Le dernier appel qu'Hannah avait passé sur son téléphone portable ce soir-là était destiné à son amie qui n'avait pas hésité à venir au milieu de la nuit. Qui n'avait pas hésité à propos de l'argent. Qui avait compris quand Hannah avait dit qu'elles ne seraient probablement plus en contact. Pas avant un long moment. Hannah avait besoin d'être loin pour se mettre à l'abri d'Allen. C'est alors qu'Angie avait prévenu Hannah des dangers de la rue et l'avait suppliée d'être prudente. De rester en sécurité.

Quitter son amie avait été l'une des choses les plus difficiles qu'elle ait eues à faire. Après détruire son téléphone pour qu'on ne puisse pas la retrouver.

Hannah pensait qu'une fois arrivée dans un endroit suffisamment éloigné de l'Indiana, elle aurait trouvé un travail et commencé une nouvelle vie. Une vie sans Allen ou quelqu'un comme lui.

Finir sans abri dans ce bled paumé en dehors de la grande ville, ça ne faisait pas partie du plan qu'elle avait révélé à son amie alors qu'elles étaient assises sur les balançoires du parc, il y a si longtemps. Mais, bon, les merdes arrivent. Et l'argent était parti depuis longtemps.

« Tu veux qu'on reste ensemble ? » demanda Carlos.

Hannah s'était légèrement reculée et il se mit à glousser. « Je ne suis pas en train de te draguer. C'est juste qu'on est plus en sécurité à plusieurs. » Il fit un signe de tête vers le groupe de garçons qui se passaient une bouteille de vin et qui riaient maintenant plus fort de ce qui ressemblait à des railleries. La tension grésillait dans l'air comme l'électricité dans un orage. « Bientôt, ils vont commencer à chercher leur agneau. »

Hannah n'avait pas eu à demander ce qu'il voulait dire. Elle avait trop souvent vu des ivrognes s'en prendre aux plus faibles. Bon sang, Allen en était le parfait exemple. Elle avait été son agneau pendant trop longtemps. Après un moment d'hésitation, elle attrapa son sac à dos et prit la main de Carlos. Il saisit son petit sac de l'autre main et ils grimpèrent la pente jusqu'à l'autoroute.

Loin du danger.

Ils marchèrent jusqu'à un parc et trouvèrent un banc sous quelques arbres, assez loin de l'entrée du parc pour ne pas être dérangés. Ils posèrent leurs sacs, s'assirent et restèrent silencieux pendant un moment, alors qu'Hannah finissait les chips. « Tu veux rester ici ? demanda Carlos. Il ne va pas faire trop froid ce soir. » Hannah hésitait si longtemps qu'il ajouta : « Je ne te toucherai pas. Je te le promets. »

Froissant le sac gras des chips, Hannah se dirigea vers une poubelle en métal vert, profitant du temps pour réfléchir à ce qu'elle allait dire. Elle voulait vraiment rester avec lui. Et bizarrement, elle n'était pas si sûre de ne pas vouloir qu'il la touche. C'était bizarre, non ? Quelques mots gentils et deux paquets de tortillas, et elle était prête à devenir une femme entretenue. Ou une fille. Peut-on être une femme à 16 ans ? Bah, peut-être que si elle...

Contente d'avoir le dos tourné, elle réprima un léger sourire. Elle n'avait aucune idée de ce qui provoquait cette course folle dans ses pensées. Le soupçon d'hiver dans l'air ? Son abjecte solitude ? La possibilité qu'il y ait plus que des mots avec Carlos ?

Ça ne pouvait certainement pas être le temps.

Elle jeta le sac, s'essuya les mains sur son jean effiloché et retourna sur le banc. Carlos ne semblait pas préoccupé par le fait qu'elle ait pris tant de temps pour se débarrasser d'un seul déchet et il lui sourit lorsqu'elle reprit place à côté de lui. Elle resta assise en silence pendant quelques minutes, puis fouilla dans son sac à dos et en sortit sa peluche. Elle serra très fort l'ours en lambeaux. « Si ça t'intéresse toujours d'entendre mon histoire, je peux te la raconter.

— OK. » Le mot était prononcé doucement, pour l'encourager et la soutenir.

Après un long moment, elle commença, laissant le flot de l'histoire se déverser, un simple filet au début, de sa voix faible qui n'était pas habituée à dire autant de choses en une seule fois. Puis les mots gagnèrent en force à mesure que ses émotions gagnaient en puissance. Alors que la rivière de douleur s'écoulait, elle n'avait que partiellement conscience de son bras autour d'elle. D'abord hésitant, puis plus fermement protecteur. Il ne disait rien, ne posait pas de questions. Il la tenait juste dans ses bras, tandis qu'elle se cramponnait à son ours, jusqu'à ce que les mots et les larmes s'apaisent.

Puis il parla jusque tard dans la nuit, l'enveloppant de paroles d'attention et de dévouement. Des mots qui lui permettaient de se sentir en sécurité pour la première fois depuis des années. Et des mots qui révélaient l'horrible vérité de son histoire. Elle s'était vraiment trompée, lorsqu'il avait fait sa première révélation, qui dissimulait quelque chose de bien pire.

Finalement, elle s'endormit, en sécurité pour la première fois depuis des années.

Le soleil avait à peine fait une brèche dans l'obscurité qu'Hannah sentit quelque chose bouger sous sa tête et elle se réveilla instantanément, prenant un moment pour se rappeler où elle était et qui lui servait d'oreiller. Certainement pas son ours en peluche. Elle s'assit brusquement.

« Hey... Je ne voulais pas te déranger, dit Carlos. Je vais chercher un petit-déjeuner.

— Tu veux que je vienne avec toi ? » demanda Hannah. Pas parce qu'elle se demandait s'il voulait dire un petit-déjeuner pour tous les deux. Après la nuit dernière, elle savait. Ce garçon/homme allait prendre soin d'elle et pour la première fois depuis qu'elle avait dépensé son dernier dollar, alors qu'elle n'avait toujours pas de travail et qu'elle s'était retrouvée sans abri, une lueur d'espoir lui disait que les choses allaient s'arranger.

Il haussa les épaules dans son blouson qui avait des trous aux manches. « Nan. Je vais ramener des œufs, du bacon, des toasts et des pommes de terre rissolées. »

Elle eut du mal à cacher son impatience et il rit. « Vraiment. J'aimerais bien. Mais je vais ramener ce que je peux trouver. » Il toucha sa joue du bout des doigts. « Attends-moi ici. »

Hannah lui obéit. Elle attendit presque deux heures, serrant son sac à dos sale contre son ventre et essayant d'étouffer la peur qui avait commencé comme une petite irritation après la première demi-heure, mais qui s'était transformée en un véritable brasier. Il n'allait pas revenir ? Il l'avait dupée ? Encore ? Il n'avait pas pensé un mot de ce qu'il avait dit hier soir ? Ce matin ? Ce n'était qu'un mensonge ?

La colère se mêlait à l'inquiétude, puis une sirène hurlant au loin mit fin à la bataille de ses émotions. Elle tendit l'oreille alors que la réverbération se rapprochait. On aurait dit qu'elle descendait la rue du côté sud du parc.

La rue qui était bordée par le grand mur en béton où les enfants peignaient des graffitis.

La rue où se trouvaient les restaurants où ils pouvaient parfois trouver de la nourriture à moitié fraîche dans les bennes à ordures.

Se levant d'un bond, Hannah traversa le parc à toute vitesse, les branches des arbres la frappant au visage alors qu'elle dévalait le chemin. Lorsqu'elle arriva dans la rue, elle s'arrêta net en voyant les lumières rouges et bleues d'une ambulance et de plusieurs voitures de police en travers de la route. Elle se dirigea vers deux autres jeunes de Saint-Vincent qu'elle reconnut. « Qu'est-ce qui s'est passé ?

— Un mec a été abattu, dit une fille. Près du restaurant. » Elle fit un geste en direction du bas de la rue. « Ils se demandent comment il a réussi à revenir ici jusqu'au mur. On dirait qu'il est mort. »

Hannah se décala pour mieux voir et aperçut le blouson. Celui dont les manches étaient déchirées.

À terre.

Sur le corps à terre.

Elle se mit à traverser la rue en courant, mais des bras puissants l'attrapèrent. « Non, lui dit une voix de baryton, si tu ne veux pas te faire prendre, va-t'en. C'est juste Carlos. »

C'est juste Carlos ? Mon Dieu ! Elle tourna sur elle-même et vit Joseph, un garçon plus âgé qui était souvent au refuge. Comment pouvait-il dire ça ? La douleur poignarda Hannah si violemment et si profondément qu'elle se plia en deux. Elle voulait crier. Frapper quelqu'un. Courir. Faire quelque chose, n'importe quoi, pour faire disparaître la douleur. Mais elle savait qu'elle ne devait rien faire de tout ça. Joseph avait raison. Elle ne pouvait pas risquer d'attirer l'attention des autorités, alors elle se retourna et traversa le parc en titubant, laissant ses larmes couler en une rivière chaude sur ses joues.

La poitrine soulevée par l'effort et l'émotion, Hannah s'arrêta sur le banc où ils avaient passé la nuit, où Carlos l'avait tenue contre lui, sa chaleur pénétrant les fines couches de ses vêtements. Où il lui avait donné la sensation d'être en sécurité. D'être réconfortée. Presque heureuse. Où il lui avait dit qu'il serait son ami. Pour toujours, si elle le voulait. Et qu'il s'assurerait que personne ne lui ferait plus jamais de mal.

Mais il était parti et ses espoirs aussi.

Hannah s'assit pour reprendre son souffle. Elle ouvrit son sac à dos pour prendre un chiffon afin d'essuyer son visage ravagé et vit son ours, un ours en peluche brun en lambeaux auquel il manquait un œil. C'était la seule chose qui la reliait encore à une enfance qui avait été bonne. L'insouciance d'avant la mort de son père. Avant Allen. Elle frotta le tissu doux de l'oreille de l'ours et essaya de redresser le ruban jaune qui s'était froissé et emmêlé à force d'être trimballé dans le sac à dos, sorti et remis tant de fois. L'ours avait été son réconfort pendant les jours, les semaines et les mois d'incertitude et de danger qu'elle avait vécus dans la rue.

Puis elle avait eu Carlos.

Trois jours plus tard, un SUV rouge vif s'arrêta et se gara près du mur en béton. La femme à la place du conducteur ouvrit la portière, mais ne sortit pas. Bien que son visage soit dans l'ombre, Hannah avait le sentiment que la femme était triste. Il y avait quelque chose dans sa façon de se détourner du soleil et de faire peser ses mains sur le volant, quelque chose dans son calme silencieux. De son point d'observation, de l'autre côté de la rue, Hannah vit la conductrice se pencher par la fenêtre et tendre la main vers l'une des bougies consumées.

Après quelques minutes, la dame s'éloigna lentement. Hannah attendit quelques instants, puis se dirigea vers le mur, s'accroupit et redressa son ours qui était tombé sur le côté. Elle ne savait pas pourquoi elle avait décidé de le laisser ici. Cela ne l'avait pas soulagée de l'horrible chagrin qui menaçait de la déchirer, mais elle avait cédé à l'impulsion.

Hannah se rendait chaque jour au mur de granit, jetant les fleurs mortes et remettant les bougies et autres animaux en peluche laissés là en place. Elle s'attendait toujours à voir la femme de la voiture rouge, mais une semaine entière s'écoula avant qu'elle ne revienne. Cette fois, la dame sortit du véhicule. Elle avait des fleurs qu'elle plaça à côté des autres souvenirs. Cette fois, Hannah s'approcha et se tint à côté d'elle. Pendant quelques instants, la femme ne s'aperçut pas de la présence d'Hannah, puis elle se tourna vers elle. « Tu connaissais mon fils ? Carlos ? »

Hannah croisa le regard de la femme et hocha la tête.

« Comment tu t'appelles ? »

Rompant le contact visuel, Hannah ne répondit pas. Dans la rue, on protégeait son nom aussi férocement que son sac à dos. Si les gens savaient ton nom, ils pouvaient le vendre aux flics en échange d'un passe lors d'une petite saisie de drogue. Ensuite, les flics appelaient les parents. Peut-être. Mais s'ils le faisaient, Hannah pourrait se retrouver avec sa mère et Allen. Hannah ne pensait pas vraiment que cette femme lui voulait du mal, mais les années passées dans la rue lui avaient appris à être prudente.

Hannah avait déjà deviné que cette femme était sa mère. Celle que Carlos voulait fuir, mais elle ne correspondait pas à l'image qu'Hannah s'en était faite quand il lui avait raconté sa véritable histoire. L'alcool. Les mauvais traitements. Les attouchements inappropriés. Avant d'entendre cela, Hannah n'avait jamais pensé qu'un homme, ou un garçon, pouvait être agressé sexuellement, mais ça lui avait certainement fourni une raison plus forte de s'enfuir qu'une mère qui criait trop. Et elle avait compris pourquoi il avait caché les vraies raisons si profondément.

« Vous étiez proches ? Toi et Carlos ? » La question ramena Hannah à l'instant présent, et elle haussa les épaules. Puis la femme dit : « Je t'ai vue à l'enterrement. Quand tu t'es avancée pour lui rendre hommage. Par ton attitude, je me suis dit que tu le connaissais plutôt bien. Pas comme si tu pouvais simplement l'ignorer. »

« Qu'est-ce que ça peut faire ? » Hannah lança un regard furieux à la femme. Elle savait ce qu'elle avait fait à son fils et ça alimentait sa colère face à l'injustice de sa mort. « Il n'est plus là. Perdu pour nous deux. Et qu'est-ce que ça peut vous faire, de toute façon ? C'est pas comme si vous l'aimiez. En tout cas, pas de la bonne façon. »

La gifle arriva rapidement et fut douloureuse, laissant la joue d'Hannah brûlante. Elles se dévisagèrent pendant un bref instant, puis la mère courut jusqu'à son 4x4, monta dedans et s'éloigna en laissant une traînée noire sur le béton et une odeur âcre de caoutchouc brûlé dans son sillage. Hannah toucha doucement sa joue, se demandant si elle méritait cette réprimande physique. Puis elle se mit à rire, d'un rire qui se transforma rapidement en sanglots déchirants.

Elle se balança et pleura jusqu'à ce qu'une main se pose sur son épaule. Elle tressaillit et se dégagea. La main revint et elle leva les yeux. C'était Joseph. « Viens, dit-il. Il va geler ce soir. Viens au refuge. »

Sachant qu'il avait raison, elle le suivit, se tenant un peu en retrait pour éviter d'avoir à parler. Elle ne voulait pas parler. Même quand les enfants venaient au petit sanctuaire, elle ne voulait pas parler. Elle ne voulait pas être étreinte. La sympathie des gens menaçait de fissurer la façade qu'elle essayait si désespérément de maintenir. Si elle se brisait, elle n'était pas sûre de pouvoir se recoller les morceaux. Elle serait comme Humpty Dumpty, réduite en miettes.

Hannah avait évité le refuge de l'église Saint-Vincent depuis l'enterrement. Elle ne voulait pas se retrouver au même endroit que le prêtre qui avait dit toutes ces choses sur le bonheur d'avoir quelqu'un au paradis et qui n'avait cessé d'insister sur le fait qu'il fallait se réjouir que la personne qu'ils aimaient se trouve désormais avec Dieu. Hannah ne savait même pas si Carlos croyait à toutes ces conneries. Le paradis, et tout ce qu'il représentait, était un concept difficile à comprendre pour des gens qui vivaient le pire enfer ici sur terre.

Elle le savait.

Hannah termina le ragoût qui lui avait été donné par les bénévoles du refuge et rapporta le bol vide sur le long comptoir métallique où une dame âgée aux cheveux violets aplatis par un filet récupérait la vaisselle sale. Comme la plupart des autres bénévoles, elle était assez gentille, mais les femmes souriaient trop et posaient trop de questions, surtout pour savoir si Hannah avait assez de savon ou si elles pouvaient appeler ses parents. Avant que le sourire de cette femme ne se transforme en question, Hannah se détourna rapidement, pour s'arrêter net lorsqu'elle vit deux officiers de police en uniforme franchir la porte, une jeune femme et un homme noir plus âgé. Ce dernier demanda à la cantonade : « On voudrait parler à ceux qui ont vu fusillade sur la troisième rue, la semaine dernière. »

Personne ne répondit et Hannah sentit une main se poser sur son bras. Elle se retourna et vit Joseph qui essayait de la ramener à table en lui murmurant à l'oreille de rester calme et de ne pas regarder la police. Hannah garda les yeux baissés et s'assit à côté de Joseph. Puis elle sentit une présence à côté d'eux, jeta un coup d'œil et aperçut des bottes bien cirées et le bas d'un pantalon bleu. « Vous, jeune fille, vous avez vu la fusillade ? » La question venait de l'homme.

Hannah secoua la tête, tout en évitant de le regarder. Puis il lui demanda quel âge elle avait. Avant qu'Hannah ne puisse répondre, Joseph dit à l'homme que c'était sa petite sœur. Il pouvait se porter garant d'elle. Quand on lui demanda pourquoi elle était si souvent au mémorial et si le défunt était aussi un parent, Joseph répondit : « Non. Juste un ami. Et ma sœur, eh bien, c'est une maniaque de la propreté. Elle aime mettre de l'ordre dans toutes sortes d'endroits. »

Dans le silence qui suivit, Hannah osa regarder directement l'officier, espérant qu'il croirait à l'histoire de Joseph. Apparemment, ça marchait, mais il avait toujours quelques réserves. L'officier leur lança à tous les deux un regard interrogateur, puis leur conseilla de retrouver leurs parents et de quitter la rue. Hannah ne répondit pas, mais Joseph sourit et hocha la tête. « Oui, monsieur l'agent. Merci. »

Hannah donna un coup de coude à Joseph pour qu'il s'arrête avant de tout gâcher. Il avait réussi à la sortir d'une situation potentiellement difficile et elle lui en était reconnaissante, mais elle ne voulait pas que le flic revienne sur sa décision de s'en aller. Comme il ne revenait pas sur ses pas, elle murmura un merci à Joseph. Puis elle le scruta longuement, se demandant si elle devait se rallier à lui par sécurité. Mais non. Il était plus âgé, plus dur que Carlos, et la rumeur disait qu'il se droguait. Même si Joseph pouvait amadouer la police, Hannah devait le garder à distance. Une belle distance. Elle avait fait une promesse à Angie et à elle-même. Pas de drogue. Ça ne ferait que la conduire sur un chemin très sombre. Bien pire que là où elle était maintenant.

Deux semaines passèrent sans aucun signe de la femme, Hannah pensa alors qu'elle ne reviendrait sans doute pas. Après la dernière rencontre, Hannah sortit le fascicule de l'enterrement de son sac à dos et lut ce qu'elle n'avait pas pu lire le jour où il avait été enterré : Carlos Ramirez, le bien-aimé fils de Marie et Franco Ramirez. Pourtant, Hannah résistait à l'idée d'avoir à utiliser le nom de la femme. Il était plus facile de penser à elle comme à une personne sans nom. Une personne avec un nom ne pouvait pas commettre les actes horribles que Carlos avait endurés. Du moins, c'est comme ça que ça fonctionnait dans l'esprit d'Hannah.

Par une journée grise et morne où la neige menaçait de tomber, Hannah frissonnait dans le froid alors qu'elle enlevait des gobelets vides, des morceaux de papier et d'autres déchets qui avaient été jetés dans le sanctuaire. C'est alors qu'elle entendit le bruit de pneus sur le trottoir derrière elle. Elle regarda par-dessus son épaule et vit la silhouette familière émerger du véhicule rouge. Continuant à remettre les bougies et les ours en place, Hannah ne leva pas les yeux lorsque la femme s'arrêta à côté d'elle, se tenant silencieuse devant le mémorial improvisé pendant plusieurs minutes. Lorsque la femme parla finalement, les mots sortirent de sa bouche comme des petits enfants qu'on avait gardés trop longtemps à l'intérieur et qui s'enfuyaient de la maison. « La dernière fois que Carlos est parti, ça a été le coup de pied au derrière dont j'avais besoin. Je suis allée en cure de désintoxication. J'ai commencé à suivre une thérapie. Je suis en train de changer. Je voulais le retrouver. Le lui dire. Mais mon conseiller m'a suggéré d'attendre que je sois un peu plus stable. »

Elle laissa échapper un sanglot étranglé. « J'ai attendu trop longtemps.

— Oh, bouhou. » Hannah se leva et se retourna vers la femme qui lui jeta un regard étonné et ouvrit la bouche pour parler. Quoi qu'elle s'apprête à dire, Hannah savait que ce serait quelque chose du genre : « Comment oses-tu ? »

Eh bien, elle osait beaucoup ces derniers temps. « Vous me racontez cette histoire triste et je suis censée avoir pitié de vous ? Et Carlos ? Et son histoire alors ? »

Le visage de la femme perdit ses couleurs. « Qu'est-ce que tu sais ? »

Hannah étouffa sa réponse. Elle allait laisser la femme souffrir. Elle n'allait pas satisfaire sa curiosité ou son besoin de partager son chagrin. Si en effet c'était ce qu'elle recherchait. Sinon, pourquoi revenait-elle toujours ? Là où elle n'avait pas sa place. C'était l'endroit où Hannah pouvait se réunir avec les autres enfants des rues qui avaient connu Carlos. Que cette femme aille voir ses amis. Si elle en avait.

Hannah s'éloigna et évita délibérément la femme après ça. Quand elle se trouvait auprès du mur et qu'elle voyait la voiture rouge approcher, elle partait. Elle pouvait toujours revenir plus tard pour nettoyer le mémorial. Hannah était toujours un peu surprise chaque fois qu'elle revoyait la femme, après leur dernière conversation. Elle avait pensé qu'elle abandonnerait, mais ce n'était pas le cas et Hannah continuait à se demander pourquoi. Si la femme espérait toujours établir une sorte de connexion, eh bien, elle pouvait oublier cette idée. Il n'y avait pas moyen qu'Hannah soulage la culpabilité de cette femme en lui offrant de la compassion. Qu'elle pourrisse en enfer !

Puis un jour, la femme la surprit en arrivant à pied. Hannah était en train de ramasser des bougies consumées et ne vit la femme que lorsqu'elle était quasiment à côté d'elle. Elle laissa tomber les bougies et commença à s'éloigner. « Attends, l'appela la femme. S'il te plaît, écoute-moi. »

Hannah ralentit son pas, s'arrêta, mais ne se retourna pas.

« Merci de te soucier de mon fils. Et de prendre soin de cet endroit. »

Hannah ne répondit pas, mais ces paroles adoucirent un peu sa colère et des larmes coulèrent de ses yeux. Pourtant, cela n'allait pas se passer comme dans un film. Elle n'allait pas se précipiter dans les bras de cette femme, et tout le monde vivrait heureux pour toujours.

« C'est tout ce que je voulais dire. »

Hannah entendit des pas s'éloigner derrière elle. La femme s'en allait. Bien. Peut-être qu'elle ne reviendrait pas. Peut-être qu'elle avait fini d'agir comme si elle en avait vraiment quelque chose à faire. Hannah essuya une larme qui avait osé s'échapper de son œil, contente que la femme ne soit pas là pour voir ce signe de faiblesse.

La fin de l'automne se transforma en hiver et la survie dans les rues devenait de plus en plus difficile. Hannah avait réussi à se procurer une veste matelassée grâce à un don récent fait à Saint-Vincent, mais celle-ci et sa veste en jean ne la protégeaient guère du froid qui pénétrait profondément jusqu'à ses os et lui laissait les mains complètement gercées et à vif. Pourtant, elle se rendait au mur presque tous les jours et elle n'avait jamais revu cette femme. Parfois, quand elle laissait une petite partie de son cœur s'attendrir, elle se demandait si la femme avait trouvé la paix. Si quelqu'un dans ce monde misérable trouvait jamais la paix.

Les jours et les semaines s'écoulèrent dans un flou où elle essayait de trouver de la nourriture et de garder le mémorial de Carlos aussi propre que possible.

Ce jour-là, Hannah se tenait devant le mur, frissonnant dans le froid, les mains enfouies sous ses aisselles pour les garder au chaud. Toutes les fleurs étaient mortes depuis des semaines et personne n'en avait apporté d'autres. Probablement parce qu'il n'y en avait plus à cueillir dans les parcs. Et qui peut se permettre d'acheter des fleurs quand on ne peut pas acheter à manger ? Elle regarda la fissure sur le trottoir. Elle était devenue plus profonde, plus large, comme si ce qui restait de son ami pouvait enfin se glisser à travers et échapper à la douleur, au désespoir de ceux qui venaient ici. « Carlos, chuchota-t-elle, je ne sais pas quoi faire. Je ne vais pas survivre à un autre hiver dans la rue. Je t'en prie. S'il y a un fragment de ton esprit ici, aide-moi. »

Alors, la neige se mit à tomber. De doux et jolis flocons descendaient lentement. Hannah releva son visage pour les laisser recouvrir ses joues, son nez et son front. Elle se souvenait d'avoir fait ça quand elle était enfant. Elle aimait bien faire ça. Jouer dehors avec sa mère et son père, attraper les flocons de neige sur leur langue et faire des bonshommes de neige ; des hommes, des femmes et des petites filles. Était-il possible de retrouver la paix et la joie que sa famille avait partagées à cette époque ? Avant que son père ne meure et que sa vie ne devienne un enfer ?

Que fallait-il faire ?

Juste un coup de fil ? C'est ce que la dame aux cheveux violets de Saint-Vincent disait toujours. Appelle juste tes parents. Ils s'inquiètent. Appelle-les.

Hannah repensa aux mots qu'elle avait entendus avec chaque portion de pain de viande et de purée. « Ta mère et ton père t'aiment, ma chérie. Appelle-les. »

Devrait-elle le faire ?

Et si Allen était toujours là ? Et si rien n'avait changé ?

Pendant quelques instants, Hannah resta immobile, laissant la neige la recouvrir de gros flocons alors qu'elle réfléchissait. Puis elle fit demi-tour et marcha vers le refuge et le téléphone.

Si Allen répondait, elle raccrocherait. Si sa mère répondait et qu'Allen était toujours là, elle raccrocherait. C'était une chose que Carlos lui avait apprise : c'était stupide de revenir à ce que l'on avait fui.

Elle n'y retournerait que si c'était sûr pour elle.

Cher lecteur,

Nous espérons que vous avez passé un agréable moment avec *Au-delà De La Fissure Du Trottoir*. N'hésitez pas à prendre quelques instants pour laisser un commentaire, même s'il est court. Votre avis est important pour nous.

Bien à vous,

Maryann Miller et l'équipe de Next Chapter

À PROPOS DE L'AUTEURE

Maryann Miller est l'auteure primée de nombreux livres, scénarios et pièces de théâtre. Elle a commencé sa carrière professionnelle en tant que journaliste, à écrire des chroniques, des articles de fond et de courtes fictions pour des publications régionales et nationales.

Parmi les prix qu'elle a reçus pour ses écrits, citons le *Page Edwards Short Story Award*, le *New York Library Best Books for Teens Award*, la première place au concours de nouvelles et de scénarios de la *Houston Writer's Conference*, une place de demi-finaliste à *Sundance* et une place de demi-finaliste au *Chesterfield Screenwriting Competition.*

Stalking Season, le deuxième livre de sa série *Seasons Mystery*, a été choisi pour le prix *John E. Weaver Excellence in Reading* dans la catégorie *Police Procedural Mysteries. Doubletake,* a été distingué comme le meilleur mystère de 2015 par l'*Association des auteurs du Texas.*

Les titres précédemment publiés chez Next Chapter sont : *Evelyn Evolving, One Small Victory* et *One Perfect Love.*

Vous pouvez trouver Miller sur sa son site web, Twitter et Facebook.

Au-delà De La Fissure Du Trottoir
ISBN: 978-4-82411-205-7

Publié par
Next Chapter
1-60-20 Minami-Otsuka
170-0005 Toshima-Ku, Tokyo
+818035793528

30 octobre 2021

www.ingramcontent.com/pod-product-compliance
Lightning Source LLC
LaVergne TN
LVHW041501190726
843491LV00008B/2483

* 9 7 8 4 8 2 4 1 1 2 0 5 7 *